하이베른가의 대공자

하이베른가의 대공자 **9**

초판 1쇄 인쇄일 2024년 1월 26일 | **초판 1쇄 발행일** 2024년 2월 2일

지은이 청루연 | **펴낸이** 곽동현 | **담당편집 팀장** 이범수
편집부 정요한 김승건

펴낸곳 (주)조은세상 | 출판등록 제2002-23호
주소 서울특별시 동작구 동작대로1길 27 5층
TEL 02)587-2966 | FAX 02)587-2922
E-mail bukdu@comics21c.co.kr

청루연ⓒ2023
ISBN 979-11-391-2692-1 | ISBN 979-11-391-1964-0(set)
값 9,000원

9

북두
더좋은세상

하이베른가의
대공자

청루연
판타지 장편소설

청루연 판타지 장편소설
FANTASY STORY

CONTENTS

Chapter. 59

"정말 모릅니다."

앵무새처럼 모른다는 말만 반복하는 겐젤리오.

하지만 루인은 별다른 반응이 없었다.

그가 거짓말을 하고 있는 것 같진 않아 보였기 때문.

"제가 아는 건 길드장이 이번 호송으로 챙긴 선금이 100만 리랑이라는 것입니다. 의뢰자의 정체도 호송의 이유도 모릅니다. 의뢰자의 개인 신상을 캐묻지 않는 건 원칙적으로 저희 업계의 불문율입니다."

100만 리랑.

100개의 금괴.

초고순도의 마정을 통째로 살 수 있을 정도의 거액.

더구나 호송을 무사히 완료한 후에 받게 된다는 선금의 두 배에 달하는 성공 보수까지.

고작 한 사람을 호송하는 대가치고는 그야말로 터무니없는 금액이었다.

노예?

아무리 건강한 노예라고 해도 잘 훈련된 전마(戰馬)보다도 가치가 낮다.

그런 전마가 아무리 비싸 봤자 2만 리랑 정도.

시르하를 노예로 팔 생각이라면 호송비만 100만 리랑에 달한다는 건 아예 말이 성립되지 않았다.

아무리 궁리해 봐도 어느 하나 연결되는 것이 없다.

더 이상의 추론이 무의미하다는 것을 깨달은 루인이 다시 차갑게 말했다.

"네놈의 말대로라면 이번 상행에 걸린 판돈은 무려 300만 리랑. 한데 무슨 오지랖으로 여행자들을 계속 일행으로 받아 준 거지? 최대한 은밀하고 조용하게. 그게 너희들의 정석이 아닌가?"

루인은 겐젤리오의 사람 좋은 얼굴을 믿지 않았다.

상인이라는 족속들이 어떤 부류의 인간들인지를 누구보다 잘 알고 있었기 때문이다.

천문학적인 이익이 걸린 일.

분명 놈의 모든 행동에는 철저한 계산이 안배되어 있었을 것이다.

"……추격자가 있다는 걸 알고 있었습니다."

"뭐?"

그걸 처음부터 알고 있었다고?

만약 이 음흉한 노인이 추격자가 수인족이라는 것까지 알고 있었다면 비로소 모두 이해가 된다.

수인들이 평범한 인간들까지 사냥하진 않을 테니까.

평범한 여행자들로 구성된 길드 상단을 습격하는 것.

이 노인의 의도는 수인족에게 그런 불명예를 덧씌우려던 것이었다.

금방 루인의 얼굴에 혐오의 감정이 피어올랐다.

이 추악한 늙은이는 사람 좋은 얼굴로 호의를 드러내며 눈에 보이는 모든 여행자들을 일행으로 합류시켰다.

오늘 이 자리에 자신이 없었다면 하마터면 여행자들은 모두 죽었을 수도 있었다.

수인족이 아무리 명예를 철저하게 지키는 습성이 있다지만, 자쿠의 부하들은 그런 종족의 율법을 무시하면서까지 시르하를 확보하려 들었던 것이다.

"인간미가 대단한 늙은이로군."

물론 안 좋은 의미로.

루인의 비릿한 조소에 고개를 푹 숙이는 겐젤리오.

어쩌면 이 늙은이의 머릿속엔 용병대가 도중에 임무를 포기하는 상황까지 그려졌을지도 모른다. 길드의 상인은 그런 족속들이었다.

"목적지는 말할 수 있겠지."

점차 살기로 얽혀 가는 루인의 눈빛을 겐젤리오는 도저히 마주 바라볼 용기가 없었다.

"……라 알칸입니다."

라 알칸.

위대한 알칸 제국의 수도 황성.

너무나 의외의 장소였기에 루인은 황당해하면서도 의문이 폭증했다.

"접선자의 위치는?"

"모릅니다. 저희 상단이 라 알칸에 진입하면 그쪽에서 먼저 접근한다고 전해 들었습니다."

뭔가 지나칠 정도로 조심스럽다.

라 알칸이라면 제국의 귀족들이 얽혀 있을 수도 있는 복잡한 상황.

대체 시르하가 지금 무슨 일을 겪고 있는 건지 아무리 골몰해 봐도 떠오르는 것이 없었다.

"아까 그 짐승 같은 놈들이 여차하면 여기에 있는 모든 사람을 죽였을 수도 있다는 건 알고 있었겠지."

수인족이 인간을 혐오하는 건 어느 정도 공포와 맞닿아 있었다.

인간들이 얼마나 위험한 존재인지를 그들은 수천 년 동안 뼈저리게 역사에 새겨 왔다.

현 세계에서 가장 강력한 집단은 누가 뭐래도 인간 문명.

르마델 왕국이 이번 일을 빌미로 작정하고 토벌단을 꾸린다면 늑대 일족만으로는 막을 수단이 없었다.

그러므로 시르하를 강제로 납치하기로 마음을 먹었다면 그들은 절대 후환을 남기지 않았을 것이다.

"제, 제가 어떻게든 그 짐승 같은 놈들을 설득했을 겁니다!"

"설득?"

그딴 게 통했다면 애초에 짐승이라 불릴 이유가 없는 놈들이겠지.

한심하다는 듯 고개를 내젓던 루인이 시르하를 바라봤다.

"시르하."

"응?"

아직도 시르하는 루인의 얼굴을 몇 번이나 확인하고 있었다.

자신에게 안식을 선사했던, 누구보다 따뜻한 감각을 전달했던 존재.

살면서 엄마 외에 그런 느낌의 사람을 만난 건 루인이 처음이었다.

"너에겐 두 가지 선택권이 있다. 첫째는 나와 함께 라 알칸으로 가서 이번 일에 얽힌 모든 음모를 캐내는 것."

테아마라스의 유적에 도착하려면 해상 왕국 웨자일을 통하는 것이 가장 빨랐다.

하지만 시르하의 일생이 걸린 일.

무엇보다 아직 황금 거인 산에 있어야 할 시르하가 벌써 세상의 일에 얽혔다는 건 자신 때문일지도 몰랐다.

전생에서는 이 시점에서 시르하를 만난 적이 없었으니까.

"두 번째는 모든 일을 무시하고 하이베른가로 가는 것이다."

하이베른가의 사자성(獅子城).

자신이 아는 한 세상에서 가장 안전한 장소.

아무리 치밀하고 끈질긴 늑대 일족이라고 해도 감히 사자성까지 침범할 수는 없을 터.

아버지와 검성, 비셰울리스가 있는 그곳이라면 충분히 안심할 수 있었다.

"둘 다 싫은데?"

재미있다는 듯 자신을 바라보며 웃고 있는 시르하를 마주한 그 순간.

루인은 문득 그 옛날의 시르하가 떠올랐다.

바로 저 얼굴이었다.

도저히 못 참겠다는 듯한 저 익살스러운 표정.

저절로 피식 웃음이 터져 나왔다.

무의식 속에서 절망으로 주먹을 휘두르던 시르하는 이미 사라진 지 오래.

그 모진 고통을 이겨 내고 녀석만의 독창적인 정신세계가 비로소 완성됐다.

"먼저 이것 좀 풀어 줘."

자신의 투기를 구속하고 있는 마법 족쇄를 웃으며 흔들고 있는 시르하.

루인이 수인(手印)을 맺자 도도한 융합 마력이 일어나 이내 마력 족쇄를 휘감았다.

툭- 투툭-

이토록 간단하게 풀릴 줄은 몰랐는지 시르하가 놀란 표정을 지었다.

"마법…… 그거 장난이 아니잖아?"

특유의 거칠고 야성미 넘치는 투기가 시르하의 전신을 휘감았을 때.

콰아아아앙!

마차의 철창이 통째로 터져 나가는 광경을 망연자실하게 바라보고 있는 겐젤리오.

저벅저벅.

철창에서 걸어 나온 시르하가 그대로 루인을 지나치더니 약간은 상기된 얼굴로 루이즈 앞에 섰다.

〈무, 무슨 일이시죠?〉

그 순간.

갑자기 시르하가 자신의 얼굴과 거칠게 자라난 머리칼을 루이즈의 목덜미에 마구 비비는 것이 아닌가?

하지만 그것으로 끝이 아니었다.

〈……!〉

뭐라 반응할 새도 없이 굳어진 루이즈.

놀랍게도 시르하는 자신의 엉덩이를 루이즈의 둔부에 비비고 있었다.

이미 눈을 질끈 감고 있는 루인.

"꺄아아아아아악!"

"뭐, 뭐야 저놈!"

그 해괴한 광경에 모든 생도들이 기겁을 하고 있을 때 루인의 자조 섞인 목소리가 흘러나왔다.

"그만해라. 시르하."

"응? 왜?"

〈대, 대체 지금 이게 무슨…….〉

"루이즈, 네가 마음에 든다는 뜻이다."

시르하는 활짝 웃었다.

"응, 너랑 짝짓기 하고 싶어!"

"아……."

뭐라 대비할 틈도 없이 터져 나온 비문명적인 멘트.

루인은 실소가 터져 나오고 말았다.

이 시기의 넌…….

정말이지 한 마리의 짐승 새끼나 다름이 없구나.

반면 시르하는 사람들의 경악스러운 반응을 이해할 수 없다는 듯한 멀뚱한 표정.

그에겐 수컷이 보기 좋은 암컷에게 호감을 드러내는 건 당연한 일이고, 짝짓기야말로 그런 호감의 진정한 완성이었다.

강한 자손을 얻으려면 최대한 많은 상대와 짝짓기를 해야 했다.

"시르하는 수인 일족과 평생을 함께 보냈다. 인간의 방식을 모르니 너희들이 이해해라."

"아, 아무리 그래도 이건 너무……."

묘한 야성을 품고 있는 잘생긴 얼굴.

서글서글한 매력적인 눈빛.

리리아와 다프네도 조금은 호감이 있었던 게 사실이었다.

그러나 그런 생각은 몇 초 만에 깔끔하게 달아났다.

무슨 아무런 과정도 없이 짝짓기라니!

사랑과 낭만의 미라클을 기대하고 있는 소녀들의 가슴을 갈가리 찢는 무식한 단어!

그때 시르하의 묘한 눈빛이 문득 다프네에게 향했다.

거친 머리를 앞으로 들이밀며 다가오는 것이 영 심상치가 않았다.

"가, 가까이 오지 마!"

다프네의 목덜미에 머리를 비비는 것을 실패한 시르하가 뾰로통한 표정으로 사방을 노려봤다.

심지어 저 야수 같은 놈은 지조도 없는 것이다.

"왜 짝짓기를 싫어하지? 너희들은 강한 전사를 잉태하고 싶지 않은 건가?"

"……."

"……."

어느 정도 인간의 문명을 알아야 무슨 설명이라도 할 텐데, 저런 늑대의 원초적인 사고방식이라면 뭐라 반박할 방법이 없었다.

고개를 절레절레 저으며 연신 한숨만 내쉬고 있는 루인.

녀석의 이명 '바람의 대행자'의 바람이 분명 그 '바람'은 아닐 텐데…….

"신소리 그만하고 이제 대답해. 두 가지 모두 싫다면 네가 따로 원하는 건 뭐지?"

일말의 거리낌도 없이 루인을 손가락으로 가리키는 시르하.

"난 널 따라간다."

루인의 표정이 단호해졌다.

"그건 안 돼."

목소리 생도들은 서로 목숨을 빚지기로 한 이번 생의 인연.

그러나 아직 시르하는 자신의 인연이 아니었다.

그는 검성만큼이나 인류 연합에 지대한 영향력을 끼칠 영웅.

그런 바람의 대행자가 자신과 함께 가변세계를 탐험한다는 건 용납할 수 없는 일이었다.

무엇보다 저 상태로는 답이 없었다.

리리아와 다프네, 그리고 루이즈가 받아 줄 리 만무한 것.

"왜 안 된다는 거지?"

"그건!"

순진한 눈망울로 되묻고 있는 시르하를 바라보고 있자니 막상 루인은 할 말이 떠오르지 않았다.

상상도 못 할 위협이 도사리고 있다는 말을 아무리 떠들어 봤자 결코 녀석을 설득하지 못한다는 걸 알고 있었기 때문.

"아무튼 안 된다. 네놈이 나와 무슨 사이라고 날 따라온다는 것이냐?"

"뭐?"

순간, 거친 야수의 투기가 사방으로 뿜어져 나온다.

상상할 수 없는 분노로 일그러진 시르하의 얼굴.

"넌 나를 살렸다. 내 영혼을 구한 자란 말이다!"

우르르르르르릉!

계곡 전체가 흔들린다.

좀처럼 감정 변화가 없는 루인의 얼굴이 점차 경악으로 물들고 있었다.

투기 방출 하나로 이만한 위력을 떨칠 수 있다는 것.

'지금의 월켄보다 최소 세 배는 강하다!'

이 정도라면 검성 월켄은 물론이고 초인의 상위 경지를 바라보고 있는 아버지보다도 위.

말이 되지 않는다.

물론 전성기의 시르하는 엄청나게 강한 초인이었지만 이 정도 성장 속도라면 수십 년 후에는 초인이 아니라 초월자의 경지를 넘볼 수도 있었다.

도대체 시르하에게 무슨 일이 있었던 거지?

그때 루인의 뇌리 속에서 늑대 일족의 증오가 떠올랐다.

'배신자!'

투기를 마력과 정확하게 비교할 수는 없겠지만 이 정도라면 거의 자신의 융합 마력과 비등할 정도.

"너 설마…… 늑대 일족의 정수를 취한 거냐?"

"응? 그건 또 어떻게 알았지? 넌 혹시 세상의 모든 진실을 살필 수 있는 정령인가?"

시론이 루인에게 물었다.

"늑대 일족의 정수라는 건 또 뭐야?"

그 질문에 대한 대답은 루이즈가 했다.

〈족장에게만 전수되는 늑대 종족의 힘 그 자체예요······.〉

그 말에 황당하다는 듯이 굳어지는 시론.

"이, 인간을 동족으로 받아들인 것도 기적인데 차기 족장의 자리까지 이었다고?"

점차 깊어지는 루인의 두 눈.

"하지만 넌 족장을 거부했군."

시르하의 두 눈이 더욱 동그랗게 변했다.

"넌 정령이다! 정령이 틀림없다!"

루인은 앞으로의 여정이 결코 만만하지 않을 거라는 걸 예감하고 있었다.

시르하는 확실히 전생과는 달랐다.

우선 저 눈.

인간미가 물씬 풍겼던 과거와는 달리 지금의 시르하는 거친 야성으로만 가득하다.

또한 어딘가 모르게 사람의 행동 양식이나 내적 자아가 희미해 보였다.

외모만 인간일 뿐 영혼은 거의 수인족에 가까워진 것이다.

21

시르하가 늑대 종족의 정수를 취했다는 예상을 한 것은 바로 이런 점 때문이었다.

늑대 종족의 정수.

그 힘이 정확하게 어떤 작용을 하는지 인간에게는 알려진 바가 없었다.

다만 말 그대로 정수(精髓)라 불리는 힘이었기에, 늑대 일족 고유의 특성과 힘이 고스란히 담겨 있을 확률이 높았다.

문제는 그런 정수가 수인 종족 전체가 신성하게 여기는 힘이라는 것.

분명 인간에게 종족의 정수를 전하는 것에 필사적으로 반대한 세력이 있었을 것이고 이는 결코 간단한 사안이 아니었다.

저 바보 같은 시르하 녀석 때문에 현 족장이 위험에 처해 있을 수도 있는 것이다.

결국 루인은 루이즈의 주변을 돌며 코를 킁킁거리고 있는 시르하를 다시 불러 세웠다.

"결국 이번 일은 모두 철없는 네 녀석 때문에 벌어진 일인 것 같은데."

"철? 당연히 없지. 우리 부족에 대장장이는 없어. 그리고 우린 무기를 쓰지 않아. 뭘 그런 걸 물어봐?"

순간 루인은 욱하고 주먹이 올라갈 뻔했다.

자신이 기억하고 있는 시르하와 너무나도 다른 모습.

녀석의 너그러운 마음, 그 순수한 영혼은 온데간데 찾을 수 없었다.

아, 물론 다른 의미로 순수하긴 하다.

"부족으로 돌아가라. 부족의 정수를 취한 자는 힘에 대한 책임을 져야 한다. 권리와 이득만 누리고 정작 의무는 저버릴 생각인 거냐?"

시르하를 확보하는 일에 300만 리랑을 투자한 의문의 세력이 궁금하긴 했지만, 그보다는 늑대 일족의 일이 더욱 시급한 문제.

정수를 취하고 도주한 것이 사실이라면 시르하는 평생 동안 늑대 일족의 추격을 감당해야 한다.

시르하의 인생을 도망자로 만들 순 없었다.

"먼저 날 배신한 건 족장이야."

"뭐? 무슨 일이 있었던 거지?"

"내가 왜 얘기해 줘야 하지? 네 말처럼 우린 아무런 사이도 아닌데."

아직도 앙금이 가시지 않은 표정으로 루인을 노려보고 있는 시르하.

루인이 기다랗게 한숨을 내쉬었다.

"후…… 아무튼 돌아가라."

시르하도 더는 입을 열지 않았다.

어울리지 않는 침묵을 한동안 유지하고 있던 시르하가 다시

두 눈을 빛냈다.

"하이베른가라는 건 어디에 있지?"

금방 화색이 된 루인.

"내 집이다. 이 세상에서 가장 안전한 곳 중에 하나지."

"흐음……."

골똘히 생각에 잠겨 있던 시르하가 마침내 고개를 끄덕였
다.

"좋아. 언제 돌아올 거지?"

시르하가 자신을 바라보며 진득한 눈빛을 하자 루이즈는
기겁한 얼굴로 루인의 뒤로 숨었다.

"정확히는 모른다. 하지만 무슨 일이 있어도 돌아올 것이
다."

"뭐 괜찮아. 난 시간이 많으니까."

잠시 생각에 잠겨 있던 루인이 소에느에게 받았던 금화 주
머니를 꺼냈다.

"받아."

주머니 속의 금화를 꺼내 햇빛에 이리저리 비춰 보던 시르
하가 활짝 웃었다.

"이게 뭐지?"

"그 주머니에 배어 있는 냄새를 찾아. 그곳이 나의 집이다.
할 수 있겠지?"

"물론!"

주머니를 킁킁거리던 시르하가 이내 한 방향을 바라보았다.

그의 눈에 맹렬한 투지가 얽히더니 특유의 명랑한 목소리가 흘러나왔다.

"그럼! 네 움막에서 기다리고 있겠다!"

타타타타닷!

그대로 전력으로 질주하더니 금방 시야에서 사라져 버린 시르하.

다프네의 황당한 시선이 루인을 향했다.

"사람이 그 먼 거리의 냄새를 맡는 게 가능해요?"

"가능하지. 늑대 일족이니까."

"아니 그래도 몸은 사람이잖아요. 후각이 아예 다를 텐데……."

"가능해."

바람의 대행자.

수천 킬로를 이동해 온 바람의 냄새를 맡고 적의 동태를 살피던 괴물이었다.

반인반수 혼혈의 시르하였기에 가능한 능력. 그건 분명한 시르하의 권능이었다.

"저 주머니에는 고모가 쓰는 향수의 향기가 깊게 배어 있지. 녀석에겐 충분히 가능한 일이다."

"……믿기지 않아요."

시론이 날카로운 눈빛으로 시르하가 떠나간 자리를 바라보고 있었다.

"이름을 알고 있는 것을 보니 아는 사이인가?"

"친구다."

루인의 그 말에 시론은 가슴이 조금은 철렁하는 기분이었다.

루인은 일 년 이상 생도 생활을 함께해 온 자신들에게도 친구란 말을 한 번도 해 준 적이 없었다.

한데 오늘 처음 본 짐승 같은 놈에게는 망설임 없이 친구라고 말하고 있는 것이다.

한편.

오들오들-

드디어 루인의 진정한 정체를 깨달은 겐젤리오가 온몸을 애처롭게 떨고 있었다.

마법과 무투술로 초인을 제압해 버린 르마델의 신성(新星).

당당하게 하이렌시아를 상대로 영지전을 벌이겠다고 선언한 북부의 새로운 사자.

지금까지 자신이 살펴본 모든 정황들이 그 엄청난 인물을 가리키고 있었다.

하이베른가의 대공자.

하이렌시아가에 의해 철저하게 통제되고 있던 왕국의 권력 지형을 송두리째 흔들어 버린 북부의 기린아.

기의 모든 귀족들의 입에서 거론되고 있는 폭풍의 핵과 같은 인물.

상단의 길잡이 따윈 결코 상대할 수 없는, 그야말로 왕국의 거물이었다.

"호송의 대가가 모두 날아간 셈이니 당신에겐 안됐군."

그제야 정신을 차린 겐젤리오가 현실을 자각하기 시작했다.

통상적으로 상행의 위약금은 선금의 두 배.

더구나 단순히 호송 임무를 완료하지 못한 것에 그치는 게 아니라 아예 호송물을 잃어버리기까지 했다.

그나마 호송물의 향방을 파악하고 있는 상태라는 점은 다행이었지만 대체 하이베른가가 어딘가?

이 나라 무력의 정점을 상징하는 사자성.

일개 길드의 힘으로는 절대로 어찌해 볼 수 없는 위대한 사자왕의 대지였다.

"만회하고 싶나?"

"……만회라니요?"

"당신 혼자 이번 호송에 소모된 비용과 선금의 두 배에 달하는 위약금을 모두 감당하겠다는 뜻인가?"

상상도 하기 싫다는 듯 거칠게 고개를 휘젓던 겐젤리오가 침을 꿀꺽 삼키며 되물었다.

"제, 제가 어떻게 하면 되겠습니까!"

"돌아가는 즉시 입이 무거운 길잡이들을 소집해. 그리고 그들과 하이베른가로 가라."

"예……?"

희미하게 웃는 루인.

"본 가의 고문이 너희들에게 제안을 하나 할 것이다."

하이베른가의 대공자가 자신에게 거래를 제안했다.

하지만 겐젤리오는 대공자의 제안에 담긴 진정한 의도를 도무지 파악할 길이 없었다.

"……저희 길드 혼자는 안 됩니까?"

대귀족이 넉넉한 호의를 베풀 때는 화끈해야 하는 법.

지금 대공자의 제안이 제법 괜찮은 거래라면 겐젤리오는 독점하고 싶었다.

그런데 대공자는 굳이 다른 길드의 길잡이들까지 들러리로 세우려 들고 있다. 바로 그 의도가 읽히지 않는 것이다.

"혼자? 감히 베네로 길드 혼자 그만한 거래를 감당하겠다고?"

베네로 길드는 유수의 북부 길드 중에서도 수위를 다투는 규모를 자랑하는 거대 길드.

정말 눈앞의 상대가 하이베른가의 대공자가 맞다면 그런 베네로 길드의 명성을 한 번쯤은 들어 봤을 것이다.

"아직 제안을 듣지 못해 확답을 드릴 순 없겠지만 저희만으로 추, 충분히 감당할 수 있을 겁니다. 품목과 거래 규모를 알려 주시면 제가……."

"마정석. 80억 리랑."

"돌아가서 철저하게 준비를…… 예? 잘 못 들었습니다?"

"깔끔하게 정제를 마친 대량의 마정석이다. 매입 규모는 최소 80억, 혹시 당신들끼리 경쟁한다면 100억 리랑 정도가 될 거야."

"아, 아니 무슨 그런……!"

100억 리랑.

북부의 길드들이 가용 가능한 재정을 모두 쏟아붓는다고 해도 매입을 장담할 수 없는 엄청난 규모.

게다가 마정석이라면 왕국이 독점하고 있는 사업권이었다.

이 소식이 퍼진다면 하이베른가는 왕국의 적이 되는 것이다.

연신 마른침을 삼키는 겐젤리오.

"서, 설마 암거래란 말입니까?"

"그렇다."

뒷골목의 세계에 마정석을 100억 리랑어치나 풀겠다니!

하지만 아무리 암거래라고 해도 이 정도 비밀이 지켜질 리가 없었다.

고객과의 신용을 철저하게 지키는 것이 길드의 사명이라지만 그 규모가 너무 컸던 것.

100억 리랑 가치의 마정석이라면 어떤 방식으로든 시장에 충격을 줄 것이 확실했다.

"그 정도로 엄청난 규모라면 북부의 모든 길드가 덤벼든다고 해도 성사를 장담할 수 없습니다!"

맞는 말이다.

모든 북부 길드의 규모를 합한다고 해도 남부의 절반에도 미치지 못하는 것이 현실.

그래서 루인은 다리오네가를 염두에 두고 있었다.

상인 연합의 신이라 불렸던 부르노아 공의 다리오네가라면 남부 길드까지 끌어들이는 건 시간문제.

보웬 남작이 아무리 무능력하다지만 그의 가문까지 능력이 없는 건 아니었다.

"그럼 이번 손해를 잊고 물러가. 강요할 생각은 없다."

자존심이 상한 듯 질끈 입술을 깨무는 겐젤리오.

"제게 이런 말을 해 주시는 이유가 뭡니까?"

상상도 할 수 없는 규모의 마정 거래라면 귀족들 간의 극비로 다뤄지는 일일 터.

오늘 처음 만난 일개 상인에게 하이베른가의 대공자가 언급할 정보는 분명 아니었다.

"어차피. 곧 모두가 알게 될 테니까."

근 미래엔 마정석이 밀이나 철처럼 평범한 물건이 될 것이다.

그 일이 인간 본연의 재능을 몇 단계나 도약시켜 줄 거라는 걸 루인은 확신하고 있었다.

"……."

흔들림 없이 이글거리는 대공자의 눈빛을 바라보며 겐젤리오는 극도로 불안했다.

대공자의 말이 모두 사실이라고 해도 이 일에 끼어들어 한몫 챙길 수 있을 거라는 확신이 생기지 않았다.

어쩌면 돈을 벌기는커녕 영지전, 아니 왕국의 내전에 휘말릴 수도 있었다.

왕국의 창칼 아래 베네로 길드가 쑥대밭이 될 수도 있는 것이다.

"하긴 그렇긴 하군. 한낱 길드의 길잡이가 결정할 문제는 아니겠지."

다시 이를 깨무는 겐젤리오.

길드에서 길잡이의 결정은 때론 길드장보다 더한 권위를 지닌다.

길드의 운영 방향에 대한 가장 강력한 발언권을 지닌 직책인 것이다.

하지만 그건 루인에게는 전혀 통하지 않았다.

루인에게 겐젤리오는 그저 의뢰자의 신상도 모르는 길드의 하위 직원일 뿐이었다.

"이 겐젤리오! 이번 일에 한번 목숨을 걸어 보지요!"

그제야 루인이 씨익 웃었다.

"일단 상행은 1차 목적지까지 유지한다. 여행자들을 보살
펴야 하니까. 호위는 내가 맡지."

당당하게 혼자서 호위를 맡겠다는 루인.

하지만 루인의 진정한 실력을 뼈저리게 경험한 겐젤리오
로서는 그 어떤 용병대보다 든든했다.

"알겠습니다!"

정중하게 예를 표하더니 물러간 겐젤리오를 시론이 느긋
이 바라보고 있었다.

"넌 참 알다가도 모르겠단 말이지."

"왜?"

"분명 행동은 살벌하기 짝이 없는데 마음 쓰는 걸 보면 꼭
나쁜 녀석 같진 않아."

이 와중에도 루인은 겐젤리오에게 호송 실패를 만회할 방
법을 제시했다.

더구나 여행자들까지 무사히 목적지에 데려다주려고 하다
니.

〈 루인 님은 착한 분이에요. 〉

루이즈가 화사하게 웃었다.

〈처음부터 알고 있었죠.〉

◆ ◈ ◆

늑대 일족이 용병대를 분쇄할 당시, 대부분의 여행자들은 마차 바닥에 숨어들거나 숲 쪽으로 도망간 터라 루인의 마법을 본 사람은 소수였다.

그래서 루인은 굳이 그런 여행자들에게 입단속을 시키지 않았다.

어차피 수인족이 길드 상단을 덮친 것부터가 평범한 일이 아니라서 어떻게든 소문이 나게 되어 있었다.

자신의 정체를 알아차린 사람은 가까이서 지켜본 젠젤리오 외에 없는 상황이라 그다지 신경 쓸 일은 아닌 것이다.

벨멤 강을 끼고 있는 교역 도시, 벨라지오에서 루인 일행은 여행자들과 헤어졌다.

루인에게 몇 번이고 허리를 숙이며 떠나간 그들은 대부분 남부 교역로로 향하는 듯 보였다.

남부의 끝까지 관통하는 벨멤 강은 수십 개 하류의 장구한 물길로 남부 구석구석을 누빌 수 있게 해 준다.

그만큼 전략적으로 엄청난 가치를 지닌 강이어서 벨라지오 성은 사자성만큼이나 대단한 방비를 갖춘 방어 도시였다.

각자 다른 배에 몸을 싣고 있는 여행자들을 향해 한껏 웃으며 손을 흔들고 있는 세베론.

"그새 친해지기라도 한 건가?"

"좋은 사람이었어."

마음 여린 세베론이 마음에 들지 않는 듯 리리아가 인상을 찡그렸다.

"당분간은 이놈도 저놈도 다 좋아 보일 거다. 대부분의 여행자들은 가면을 뒤집어쓰고 있으니까. 그러다가 뒤통수를 뜨겁게 한 방 맞고 나면 정신이 번쩍 들겠지."

아직 리리아는 세상의 상처를 안고 살아가고 있었다.

단단하게 닫힌 마음.

하지만 루인은 그런 리리아가 마음에 들었다.

세베론에게 저렇게 긴 조언을 해 준다는 것 자체가 녀석에겐 큰 변화.

쌀쌀맞지만 동료들을 향한 애정을 확실하게 느낄 수 있을 정도였다.

리리아가 루인을 쳐다본다.

"이제 우린 어디로 가는 거지?"

"게노드 항."

천천히 구겨지는 리리아의 얼굴.

"넌 지나치게 독단적이군."

"무슨 소리야?"

"게노드 항이 목적지가 아닐 텐데? 왜 매번 우리에겐 아무런 설명도 해 주지 않는 거지?"

"마, 맞아!"

다프네까지 뾰로통한 표정으로 맞장구를 치자 루인은 웬일로 순순히 잘못을 시인했다.

"그랬군. 미안하다. 하지만 오해는 마. 이건 그냥 내 성격일 뿐 너희를 무시해서가 아니니까."

특별히 동료를 무시하거나 고의로 배려하지 않은 것은 아니었다.

단지 녀석들과 함께 목적지까지의 동선을 고민하는 일이 비효율적이라 생각했을 뿐.

아무래도 대륙 이곳저곳의 지리는 자신이 가장 잘 알고 있었고 경험 또한 생도들과는 깊이가 달랐을 뿐이었다.

더 근원적인 이유는 모든 일을 혼자서 감당하는 것에 익숙했던 대마도사에서 기인했다.

시론의 날카로운 질문이 이어졌다.

"게노드 항이면 개방 항구가 아니잖아? 그럼 상선이 없을 텐데? 우리가 왕국의 정규 무역선을 얻어 탈 수 있겠어?"

"그럼에도 타야지."

"타야지? 아직 아무런 계획이 없단 말이야?"

"아직은."

의외로 루인의 대답은 전혀 그답지 않았다.

철두철미의 화신이라고 할 수 있는 루인이 아무런 확신도 없이 움직인다는 말을 도무지 받아들일 수가 없었던 것.

"넌 아직 목적지를 말하지 않았다."

차갑게 자신을 노려보고 있는 리리아를 향해 루인은 쉽게 말문이 떨어지지 않았다.

사실 루인으로서도 설명할 방법이 마땅치 않았다.

한숨을 쉬던 루인이 어쩔 수 없다는 듯 품에서 지도를 꺼냈다.

그가 이내 대양(大洋)의 한 곳을 가리켰다.

"내가 확보한 좌표를 토대로 유추한 장소는 여기다."

지도를 바라보며 하나같이 굳어 버린 생도들.

루인이 손가락으로 가리키고 있는 곳은 말 그대로 대양, 거대한 바다의 중심이었다.

반경 수백 킬로 내에 어떤 육지나 섬도 존재하지 않는, 그야말로 망망대해의 한복판.

시론이 당황해하며 루인을 쳐다본다.

"거긴 무한해잖아?"

신비로운 동대륙과 베나스 대륙 사이에 존재하는, 세상에서 가장 거대한 바다 무한해(無限海).

대륙의 명성 높은 모험가들에게조차 아득하고 신비한 미지의 바다.

무수한 탐험자들을 망자로 만들어 버린, 가장 위험한 바다인 그곳에 테아마라스의 유적, 아니 가변세계가 존재한다니?

"지도에 표시되지 않은 섬들이 많을 거다. 특히 무한해 같은 곳이라면."

다프네가 무슨 문제냐는 듯이 고개를 갸웃거렸다.

"좌표도 확보했겠다 일정 거리 안에 들어가는 순간 공간이동을 해 버리면 되죠."

"그건 내 방식이 아니다."

"네?"

"난 그곳을 직접 보지 못했다."

루인은 전생에서도 결코 함부로 좌표 이동을 하지 않았다.

해당 장소에 어떤 위험 인자도 없다는 것을 두 눈으로 철저하게 확인한 후에야 비로소 공간 이동을 해 왔던 것.

특히 좌표가 가리키고 있는 곳이 도시나 그 주변의 외각도 아닌 대양의 한복판이었다.

예상대로 무인도라면 다행이겠지만, 만약 그 입구가 깊은 해저에 있는 날엔 자칫 생도들의 목숨이 위험할 수도 있는 것이다.

한층 깊어진 리리아의 두 눈.

"혹시 넌 해상 왕국 웨자일로 가려는 건가?"

외로운 섬나라였지만 어떤 왕국보다도 강력한 해군력을 보유하고 있는 전통의 해상 강국.

특히 전함과 무역선을 건조하는 그들의 조선술은 가히 세계 최강이었다.

"그래. 그곳에서 무한해를 탐험할 배와 선장을 물색할 거다."

"음."

좌표가 틀린 것이 아니라면, 확실히 루인의 방법보다 더 좋은 대안은 없었다.

웨자일이라면 대양을 누벼 온 경험 많은 선장들이 즐비할 것이다.

문제는 폐쇄적인 섬나라 사람들이 과연 성의를 다해 외지인을 돕겠냐는 거였다.

"단순히 돈만으로는 안 되겠네요."

물론이다.

사람을 물색하는 건 돈만으로는 해결할 수는 없는 일이니까.

"그래. 뱃사람들을 움직이는 힘은 그리 단순하지가 않아. 돈도 돈이지만 그 외의 뭔가를 반드시 보장해 주어야 한다. 특히 우리처럼 탐험이 목적이라면 그 명성을 나누어 달라고 요구하겠지."

"어떤 방식으로요?"

"배의 이름에 본인들의 이명을 넣어 달라거나 아예 배에 대한 소유권을 주장할 수도 있다."

"마, 말도 안 돼! 그건 도둑놈이잖아!"

철없는 시론의 반응에 루인은 씁쓸하게 웃고 말았다.

사실 배의 소유권을 넘겨주는 대가로 경험 많은 선장과 선원을 확보할 수만 있다면 충분히 값싼 대가였다.

뭍사람들은 뱃사람들이 호전적이고 진취적이라 생각하지만 누구보다도 보수적인 자들이 바로 뱃사람.

그들에게 미지를 탐험한다는 건 목숨을 걸어야 한다는 말과 같았기에 그보다 더욱 무리한 요구도 루인은 받아들일 용의가 있었다.

〈그 전에 문제가 하나 더 있어요.〉

"무슨 문제?"

〈방금 게노드 항으로 가는 마지막 배가 떠났어요.〉

루인이 의미심장하게 웃었다.

"난 배를 타고 게노드 항으로 가겠다는 말을 한 적이 없는데?"

〈네……?〉

피식.

"게노드 항에서 배를 타겠다고 했지, 벨맴 강에서 배를 타 겠다고 한 적은 없다고."

〈아, 아니 그건 너무 비효율…….〉

루이즈는 금방 말을 집어삼키고 말았다.

모든 면에서 철저한 효율과 합리를 추구하는 루인.

하지만 그도 수련할 때만큼은 어떤 비효율도 마다하지 않 는다.

저 커다란 짐 가방을 메고 남부의 끝자락이라 할 수 있는 게노드 항까지 어떻게 걸어가라고!

시론이 늑대처럼 울부짖었다.

"아, 안 돼! 미친! 그 짓을 또 하라니!"

"돼."

루인은 또 한 번 다른 생도들이 군말하지 못하게 본인이 먼 저 짐 가방을 멨다.

"아니…… 그건 너무 멀어요…….'"

다프네의 말대로 거의 수백 킬로에 달하는 머나먼 길.

설사 기진맥진한 끝에 도착하는 것이 가능하다고 해도, 배 를 타는 것보다 서너 배는 더 오래 걸릴 것이 틀림없었다.

최소 한 달 내내 걷기만 해야 하는 것이다.

"몸을 벼리는 것을 소홀하지 마라. 몸이 긴장하지 않는다면 감각은 반드시 무뎌진다."

우린 기사가 아니라 마법사라는 말이 목구멍까지 치밀어올랐지만 차마 내뱉을 수는 없었던 시론.

한데 그보다 더한 청천벽력과도 같은 음성이 루인에게서 흘러나왔다.

"이번엔 재구축 수련법까지 함께 병행한다."

"꺄아아악!"

"말도 안 돼!"

각기 제 몸보다 더 큰 짐 가방을 메고 버티는 것만으로도 지옥이거늘 거기에 뭐? 재구축 수련법까지 병행하라고?

저벅저벅.

루인이 먼저 수변을 따라 길을 잡는다.

생도들도 어쩔 수 없다는 한숨을 내쉬더니 그를 따라 걷기 시작했다.

몽델리아 산맥의 깊은 계곡에 위치한 이동 마법진.

그 비밀스러운 장소에서, 한 무리의 사람들이 새하얀 빛살과 함께 나타났다.

"으음……."

꽤 장거리의 공간 이동 마법이라서 후유증이 제법 심했다.

하지만 이번 일은 그만큼 심각하고 급한 사안이었다.

"괜찮으십니까, 가주님?"

"괜찮다."

놀랍게도 몽델리아 산의 깊은 계곡에 나타난 자들은 하이렌시아가의 가주 레페이온과 그의 가신들.

환상검제가 직접 사자왕의 대지를 방문한 것이었다.

몸과 정신을 추스른 후 계곡을 빠져나온 그들이 처음 맞닥뜨린 것.

"……뭐?"

"아니? 저게 무슨!"

사자성의 가장 드높은 첨탑 부근.

그 육중한 망루에 거대한 마장기 2기가 위태롭게 서 있었다.

이미 레페이온 대공은 스스로 통제할 수 없을 정도로 몸을 떨고 있었다.

그간의 소문이 모두 사실이었던 것이다.

"대체 저 의도가 뭘까요?"

사자성의 가장 드높은 곳에서 대지를 굽어보고 있는 마장기들.

하이베른가는 저 위험한 전략 병기를 군이 저런 유치한 방식으로 외부에 노출하고 있었다.

저 터무니없는 장면을 어떻게 해석해야 할지 레페이온은

쉽게 감을 잡을 수가 없었다.

"도발인가?"

불새 문양의 로브를 온몸에 드리운 자.

환상검제 레페이온의 동생, 세파이온의 두 눈은 활화산 같은 열기로 이글거리고 있었다.

레페이온이 고개를 흔들었다.

"이건 카젠의 방식이 아니다."

"알고 있습니다."

뿌드득.

"그놈이겠지."

하이베른가의 대공자.

어떤 상식과 지혜로도 해석할 수 없는 불가사의한 괴물.

세파이온이 함께 도착한 마도학자를 노려봤다.

"저 마장기들이 어느 왕국의 것인지 파악할 수 있겠나?"

"아, 아직은 잘 모르겠습니다. 제가 파악하고 있는 모든 마장기와 다른 형태입니다."

"조사가 끝날 때까지 기다리지. 얼마나 걸리겠는가?"

"그건……."

"알아내야 한다! 귀네스! 저 사자 놈들과 붙어먹은 자들이 누구인지 반드시 알아내야 한다!"

열기가 잦아든 세파이온의 두 눈이 연신 불안하게 떨리고 있었다.

저 하이베른가가 확보한 2기의 마장기를 상대하려면 왕국의 마장기만으로는 부족하다.

일이 이렇게 된 이상 소울레스가가 완성시킬 마장기가 반드시 필요했다.

한데 며칠 전부터 와이립에게 연락이 닿지 않았다.

그 점이 내내 세파이온의 불안을 가중시키고 있었다.

"잠깐."

점점 굳어지고 있는 세파이온의 표정.

워낙 먼 거리라 자세히 확인할 수는 없지만 사자기 주변에서 펄럭이는 봉신가들의 깃발의 수가 뭔가 심상치 않았다.

그들의 오대봉신가와 최근에 합류한 어브렐가, 이렇게 총 여섯 개 가문의 깃발이 휘날려야 정상.

"고문. 최근에 사자 놈들이 또 봉신가를 늘렸나?"

"아직 그런 소식은 전해 듣지 못했습니다."

"그럼 저건 뭐지?"

깃발에 새겨진 문양의 면면을 확인할 수는 없지만 깃발의 개수 정도라면 충분히 확인할 수 있는 거리.

사자기 주변에서 펄럭이고 있는 봉신가의 깃발은 거의 20여 개에 가까웠다.

한데 그때.

"익숙한 가문들이군."

"형님?"

레페이온이 피가 나도록 입술을 깨물고 있었다.

"돌아가자."

"형님? 그게 무슨 말씀이십니까? 아직 마장기의 출처를……."

"의미 없다."

"예?"

뿌득.

"베른가와의 영지전은 당분간 포기한다."

레페이온의 두 눈에서 악착같은 살기가 흘러나왔다.

"소울레스. 먼저 그놈들을 쳐야겠다."

그는 분명하게 보았다.

사자기와 함께 펄럭이고 있는 소울레스가의 가문 깃발을.

Chapter. 60

루인은 일반 가도나 무역로를 철저하게 배제하며, 오로지 산과 갈대숲, 늪지대와 같은 험로만을 선택했다.

그것이 꼭 훈련만을 위한 선택은 아니었다.

남부에서만큼은 자신의 동선을 최대한 드러내지 않고 싶 었기 때문이다.

그렇게 도보와 야영을 반복하는 강행군이 이십여 일쯤 흘렀을 때, 비로소 루인은 희미한 바다 내음을 맡을 수 있었 다.

남쪽에서 불어오는 청량한 내음에 세베론의 표정도 밝아 졌다.

49

"헉헉……! 바다 냄새다! 이 산 너머가 바다라구!"

피식 웃던 루인이 수풀 위에 자리를 잡았다.

"잠시 쉰다. 모두 여기서 옷을 갈아입지."

루인이 짐 가방을 풀며 준비된 옷을 꺼내자 시론이 그 옷을 멍하니 바라보았다.

"잠깐? 그게 뭐지? 데블리앙가의 귀족 자제가 걸칠 옷치고는 너무 볼품이 없는데?"

루인이 꺼낸 옷은 여기저기 해지고 삭아서 의복으로써의 역할을 해낼 수 있을지조차 의문인 낡은 튜닉.

"노예나 걸칠 법한 수준의 옷이잖아?"

세베론의 맞장구에 루인이 한심하다는 듯 입을 열었다.

"세상을 너무 모르는군. 가도를 오가는 사람들의 8할은 이런 복장이다."

노예는 이런 튜닉조차 걸칠 엄두조차 내지 못한다.

대부분 반나체로 다니는 것이 현실.

이런 옷이라도 걸칠 수 있는 노예들은 그나마 형편이 나은 편에 속했다.

"아니 내 말은 비유가 그렇다는 거지. 넌 분명 귀족의 신분으로 다니길 원했잖아?"

"그래. 하지만 노출됐지."

"응?"

이미 데블리앙가의 자제라는 신분은 베네로 길드의 길잡

이 겐젤리오에게 노출된 상황.

루인은 겐젤리오를, 아니 상인을 믿지 않았다.

물론 단단히 협박해 놓았으니 돈 몇 푼에 대공자의 신분을 떠벌리고 다니지는 않을 것이다.

그러나 일찌감치 까마귀들에게 신분이 노출되었다고 생각하고 움직이는 것이 좀 더 마음이 편했다.

하이베른가의 대공자라면 몰라도 데블리앙가의 자제라는 신분은 까마귀들이 추적하기 너무 쉬운 대상이었다.

"너희도 모두 평상복을 입어. 화려한 색이 들어간 건 안 돼. 최대한 단출하게. 그리고 눈에 띄지 않게."

숨을 헐떡이던 다프네가 당황한 표정을 했다.

"전 그런 옷이 없는걸요?"

하인으로 분하기로 한 다른 친구들과는 달리, 다프네는 데블리앙가의 여식에 걸맞은 복장만을 준비해 온 상황.

루인이 아무렇지도 않은 얼굴로 짐 가방을 뒤적이더니 자신의 것과 비슷한 튜닉 한 벌을 그녀에게 건넸다.

"입어."

"저도요? 이건 너무……."

"더 말할 거야?"

"……."

지켜보던 루이즈의 절대 언령이 이어졌다.

〈하지만 전 의문이 드네요. 무역선을 얻어 타려면 차라리 귀족의 신분이 더 좋지 않나요? 적당히 가문을 내세우며 돈을 지불하면 충분히…….〉

"쉽겠지. 하지만 가장 멍청한 선택이지."

배를 타는 가장 쉬운 방법이겠으나 정보상과 추적자들에게 아예 대놓고 동선을 노출시키는 짓.

게다가 이곳은 남부다.

북부의 유명한 사냥꾼 가문 데블리앙가의 자제가 남부에 출현한 사실만으로도 이슈로 다뤄질 것이 분명했다.

그리고 하이렌시아가의 눈과 귀가 닿지 않는 남부의 주요 도시란 없었다.

"그럼 그 고지식한 왕실 해군 장교들을 무슨 신분으로 상대하려고 그래요?"

"노예."

"우릴 보지도 않고 쫓아낼 게 분명…… 응? 네? 다시 말해 봐요."

다프네의 당황스러운 눈빛이 자신에게 향하자 루인이 아무렇지도 않은 투로 다시 말했다.

"길 잃은 노예라고 한 시간만 떠벌리고 다니면 본인이 주인이라는 놈만 백 명은 넘게 만날 수 있을 거다."

"노, 노예 무역선을 타겠다는 거예요? 지금?"

"더 좋은 방법이 있나?"

르마델 왕국을 살아가면서 노예 무역선의 악명을 들어 보지 못한 사람은 없을 것이다.

생도들의 얼굴이 새파랗게 질리기 시작했다.

"꺄아아아악!"

"다, 다시 생각해 보자! 더 좋은 방법이 있을 거야!"

사람을 무슨 나무줄기처럼 엮어 차곡차곡 포갠 채로 항해하는, 그야말로 피도 눈물도 없는 노예 상인들.

옴짝달싹하지 못한 채로 뉘어져, 그 더러운 용변과 토사물에 뒤엉켜 한 달을 버텨야 한다고 생각하니 생도들은 눈앞이 캄캄해졌다.

"절반은 죽는다는 그 미친 노예선에 지금 우리보고 스스로 걸어 들어가라는 거냐?"

"날 따라온 건 너희들이다."

"아니 그건 너무하잖아!"

씩씩거리는 시론을 향해 루인의 희미한 미소가 날아든다.

"그럼 이 방법보다 더 동선 노출이 적고 쉬운 방법을 생각해서 말해 봐라."

"이이익!"

그딴 게 있을 리가 없다.

철두철미한 루인이 장고 끝에 내린 결론이라면 그 방법이 최선이라는 걸 시론도 모르지는 않았다.

"하, 우린 그렇다 치고 다프네와 리리아, 루이즈는? 그게 가능하다고 생각하는 거냐?"

"대체 뭘 그렇게 걱정하는 거지?"

"응?"

피식.

"배만 올라타면 끝이다. 배는 강한 자가 율법인 공간이지."

〈배를 장악하실 생각인 건가요?〉

"굳이 장악까지도 필요 없다. 적당히 눈을 피해 쉴 수 있는 공간만 확보하는 수준으로 그칠 거야."

그런 루인의 태연한 반응에 머쓱해진 표정으로 웃는 시론.

잊고 있었던 것이다.

저 루인이 정신 지배까지도 가능한 마도사라는 것을.

루인이 정신 마법을 활용하는 마도사라는 걸 상기한 시점에서, 굳이 노예 연기까지 할 필요가 있을까 싶은 시론이었다.

마음만 먹는다면 지나가는 노예상 하나 정신 지배로 통제하는 건 일도 아닌 것이다.

"그럴 생각이라면 굳이 우리가 이런 걸 입어야 해?"

"그편이 가장 깔끔하다."

"아니 노예 무역선이면 경비가 엄청 살벌할 텐데? 차라리 항구에서 일반 무역선의 선장을 정신 지배하는 게 더 편하지 않아?"

"무슨 소리냐? 정신 지배라니?"

"그럴 생각이 아니었어?"

〈그건 바보 같은 짓이에요. 정신 지배는 심각한 후유증을 동반해요. 위험한 항해에서 선장이 정신 착란이라도 겪는 날엔 모두가 죽음의 바다로 내몰릴 수가 있어요.〉

쟈이로벨에 의해 정신 지배를 당한 국왕 데오란츠가 몇 주 동안이나 혼미한 정신으로 힘들어했던 것을 생각하면 간단하다.

루인은 결코 함부로 선장을 정신 지배할 수 없었다.

항해에서 선장은 신(神).

그런 신의 자그마한 판단 미스 하나 때문에 수백 명 노예들이 대양 한가운데에서 고기밥 신세가 될 수도 있는 것이었다.

리리아가 무표정한 얼굴로 입을 열었다.

"저 멍청한 머리로 대체 마법사는 어떻게 될 수 있었던 건지."

"뭣!"

"둘 다 시끄럽다."

스스럼없이 상체를 드러내며 옷을 갈아입는 루인.

매번 느끼는 거지만 정말 질릴 정도로 눈부신 육체였다.

환복을 끝낸 남생도들이 모두 뒤돌아섰다.

루인이 건넨 튜닉으로 갈아입은 다프네가 그대로 울상을 지었다.

여기저기 지저분한 자국으로 가득한, 곳곳의 해진 구멍.

다프네의 자존감이 비약적으로 줄어든다.

"아아, 이건 정말 너무 초라해……."

그렇게 여생도들까지 모두 옷을 갈아입자 루인이 다시 말했다.

"노예의 행동 양식은 간단하다."

모두가 루인을 쳐다보자.

"노예는 의문을 해소하려 들지 않는다. 즉 주인에게 묻지 않는다는 거지. 그리고 무엇보다 주인의 눈을 바라보지 않아. 이렇게."

바닥을 향해 얼굴을 내리깐 루인은 그 상태로 다시 입을 열었다.

"요구할 수 있는 건 밥과 휴식, 그리고 용변 요구다. 그래, 그냥 자신을 가축이라 생각해라. 그게 편할 테니까."

이내 루인이 헬라게아를 소환한다.

"짐들은 모두 여기에 넣어. 배에서 내릴 때까지 보관할 거니까 짐에서 챙길 것이 있다면 지금 챙기고."

"전 없어요."

"쳇, 어차피 노예잖아. 가지고 다닐 소지품 따위가 있을 리가 없지."

그렇게 커다란 짐 가방 6개가 하나둘 헬라게아에 옮겨질 무렵.

"신발도."

이미 신발을 벗고 맨발로 흙을 밟고 서 있는 루인이었다.

"……."

"……."

법적으로도 노예는 발을 감출 수 없게 되어 있었다.

온전한 인간이 아니니, 주신 알테이아가 창조한 땅을 밟는 것을 허락하지 않는 것이다.

물론 그건 표면적인 이유일 뿐, 실상은 노예들이 쉽게 도주하지 못하게 하려는 일종의 사회 체제.

"어엿한 노예라면 그 신발들도 벗어야겠지? 신발을 신고 있는 노예란 없으니까."

"루인! 하지만 우린 처음 맨발을……!"

맨발은 가장 명확한 노예의 상징.

문제는 생도들이 한 번도 맨발로 험한 야지(野地)를 밟아본 적이 없다는 것에 있었다.

"으윽……."

"꺄악!"

"쉿, 호들갑 떨지 마라."

작은 돌부리라도 밟을 때면 눈물이 쏙 빠질 것 같은 통증이 몰아친다.

결국 그런 장해물을 피하려다 보니 생도들은 금방 우스꽝스러운 자세로 이리저리 비틀거리고 말았다.

"이 상태로 곧장 산을 내려간다."

서슴없이 맨발로 앞장서더니 이내 저만치 나아가 버린 루인.

제대로 서 있기조차 힘든 판국이거늘 어떻게 저 수많은 뾰족한 것들을 아무렇지도 않게 밟으면서 나아갈 수가 있단 말인가?

시론이 다프네와 루이즈의 고운 맨발을 멍하니 바라보고 있었다.

자신과 세베론은 그렇다 쳐도 다프네와 루이즈는 지켜야 할 소중한 레이디다.

"대체 저 녀석은 무슨 생각을 하고 사는 건지 알다가도 모르겠네."

"그냥 이것도 수련의 일부분이라 생각하는 게 편할 듯해요."

이미 리리아는 피투성이가 된 발로 루인의 뒤를 쫓고 있었다.

◆ ◈ ◆

　섬나라인 웨자일 왕국은 항상 노동력 부족에 시달리고 있었다.

　때문에 그들은 주변 국가들로부터 노예를 수입하기 위해 매년 막대한 세출을 감당해야만 했다.

　하지만 노예는 엄연한 한 국가의 재산.

　르마델 또한 그런 국부의 유출을 우려하여 노예 거래량을 철저하게 통제하고 있었다.

　지금 루인 일행이 앉아 있는 곳은 일종의 '노예 보관소'였다.

　보호소도 아니고 '보관소'라 부르는 것이 이 시대의 사람들이 노예를 어떻게 생각하는지를 잘 드러내 주고 있는 상황.

　노예 보관소의 소장, 게슈타스는 아까부터 루인 일행을 연신 기이한 눈초리로 관찰하고 있었다.

　"주인을 찾고 있다고?"

　검은 머리를 치렁하게 늘어뜨린 소년, 루인이 감히 마주 보지 못하고 머리를 조아렸다.

　"그렇습니다."

　어눌한 공용어에 추레한 몰골, 보기 흉할 정도로 시퍼렇게 부은 발.

　누가 봐도 노예는 확실했으나 놀랍게도 이들에겐 낙인(烙印)이 존재하지 않았다.

노예 낙인이 있었다면 이들의 주인이 누구인지를 곧바로 알아낼 수 있겠지만 기이하게도 모두에게 낙인이 없었던 것이다.

가끔 노예들의 신체적 가치를 지키기 위해 낙인으로 훼손하지 않는 괴짜 노예상들이 있긴 했지만 그것도 민간 노예선에서나 벌어지는 일.

철저하게 관리되는 왕실 노예선에서 낙인이 없는 노예가 유통된다는 건 그야말로 난센스에 가까웠다.

"이미 말했지만 네 주인의 이름을 모른다면 나로서도 도와줄 방법이 없다."

"아······."

애처롭게 떠는 소년 노예의 모습에 게슈타스는 스멀스멀 욕망이 피어오르기 시작했다.

도대체 어떤 순진한 노예상이길래 이런 최고급 노예들에게 낙인을 찍지 않는 바보 같은 짓을 했단 말인가?

낙인이 없는 노예란 한마디로 줍는 사람이 임자다.

그렇게 게슈타스는 점점 이들의 주인이 되고 싶어졌다.

'특히 저 아이······.'

새하얀 먼지, 추레한 의복에 가려져 있으나 틀림없었다.

제대로 가꾼다면 그 미모가 상당할 것이 너무나 뻔한, 그야말로 아름다운 노예 소녀였다.

최소 만 리랑은 너끈히 받아 낼 수 있을 정도.

"너희들 스스로가 각자의 주인이 되면 어떻겠느냐?"

이대로는 어차피 분실 노예 처리다.

왕실의 재산으로 귀속시킬 바에야 적당한 값을 매겨 출항하려는 노예 상인들에게 재판매를 하려는 것.

루인은 게슈타스 소장의 꿍꿍이가 너무나 노골적이어서 헛웃음이 치밀 정도였다.

찰나의 순간에 그의 입가로 맺혔다가 사라지는 스산한 미소.

그러나 루인은 예의 불안한 표정을 유지하며 눈을 굴려댔다.

"주인님께서 알게 되시면 분명 큰일 날 텐데요……."

소심하게 잦아드는 목소리.

그런 루인의 천연덕스러운 연기에 생도들은 내심 혀를 내두를 수밖에 없었다.

하이베른가의 그 당당했던 대공자가 어떻게 저리도 뻔뻔하게 노예로 분할 수 있단 말인가?

"흥. 이게 다 낙인을 찍지 않은 네놈들의 주인 탓이다. 제값 받겠다고 욕심부린 대가란 말이지."

"그래도……."

"뭐 그래서 어쩔 테냐? 이곳에서는 이 게슈타스가 왕이다."

실제로 맞는 말이었다.

게노드 항구를 통해 노예 무역을 하려면 노예 보관소를

거치지 않고서는 불가능.

르마델의 노예가 게슈타스의 직인 없이 함부로 타국에 반출되었다가는 중형을 피할 수 없는 것이다.

"네놈들은 입만 다물고 있으면 돼. 어차피 네놈들도 이대로 되돌아가고 싶진 않을 것이 아니냐?"

지옥 같은 생활에 찌든 노예들은 대부분 차라리 다른 주인에게 팔리기를 원했다.

더 나쁜 환경이 기다릴 수도 있겠지만 천운이 닿아 마음씨 좋은 주인을 만날 확률도 있는 것이다.

물론 그 마음은 궤짝처럼 서로 포개어져 출항하는 순간 처절한 후회로 뒤바뀔 터.

게슈타스는 저 바다 너머 더한 지옥이 기다리고 있다는 것을 결코 말해 줄 생각이 없었다.

"그렇게까지 말하신다면…… 알겠습니다."

"좋아."

흡족하게 웃는 게슈타스.

괜히 입찰을 진행하는 도중에 이놈들에 대한 소유권을 의심받게 된다면 소장으로서의 명성만 땅에 떨어지게 될 터.

충분히 강제로 팔아 버릴 수 있는 입장이지만 적당히 달래서 뒤탈을 없애는 것이 여러모로 좋았다.

운이 좋게도 제법 어리숙하고 착한 노예였다.

"부소장. 노예 경매를 준비하게."

"지금 바로 말입니까?"

"당장 이틀 뒤가 출항이네. 다음 노예선은 보름 뒤야."

"준비하겠습니다. 혹 생각하고 계시는 최소 입찰가는……."

"각각 3천 리랑으로 시작하지. 여자아이들은 5천 리랑부터 시작이고. 어중이떠중이들까지 상대할 생각은 없네. 제법 규모 있는 자들에게만 통보하게."

"알겠습니다."

게슈타스의 얼굴에 예의 흡족한 미소가 떠올랐다.

너무 어리지도 않고 그렇다고 성년도 아닌, 노예로서 최고의 가치를 지니는 황금 시기.

더구나 체구나 외모, 건강 상태 등 어디 하나 흠잡을 곳 없는 노예들이었다.

그야말로 넝쿨째 굴러 들어온 복덩이, 아니 금덩이들인 것이다.

한 시간쯤 지나자 노예 상인들이 여독에 지친 얼굴로 보관소에 입장하기 시작했다.

하지만 그들은 이내 눈빛을 반짝였다.

게슈타스 소장이 보유하고 있는 노예들의 면면에 놀라고 있는 것.

정말 잘 길들인, 하지만 노예 낙인조차 없는 순수한 소년 노예들.

가히 눈이 번쩍 뜨일 만큼 좋은 상품성을 지닌 노예들이었다.

이런 질 좋은 아이들을 대체 얼마 만에 보는 건지.

노예 상인 브아키아의 두 눈이 금방 욕망으로 이글거렸다.

"오랜만에 뵙겠습니다! 소장님!"

"브아키아 자네로군. 여전히 넉살 좋은 얼굴이야."

"흐흐흐…… 한데 이런 귀한 아이들을 대체 어디서 구해 오신 겁니까?"

"시끄럽네."

그렇게 이십여 명의 노예 상인들이 게슈타스에게 몰려가 경쟁하듯 인사를 올리고 있을 때.

"응?"

자신과 협상하던 노예 소년의 표정이 뭔가 심상치 않게 변해 가고 있었다.

"무슨 일이냐?"

"……."

노예 소년, 아니 루인의 눈빛.

겨울 하늘의 차가운 별보다 더 시리게 빛나고 있는 그의 두 눈은 정돈되지 못한 감정을 고스란히 드러내고 있었다.

무거운 감정에 짓눌린 듯한 눈빛.

"아…… 아무것도 아닙니다."

게슈타스는 겨우 가슴을 쓸어내렸다.

놈이 주인을 만난 줄로만 알았던 것.

이렇게 판을 다 짜 놨는데 저놈들이 주인과 조우해 버린다면 그보다 더 허탈한 일은 없을 터였다.

"그럼 어서 진행하세. 남녀 총 6명, 나이대는 열일곱에서 열여덟. 각각 판매할 생각은 없네. 일괄적으로 매각할 테니 한꺼번에 입찰가를 적어 오시게."

"예! 소장님!"

"흐흐흐! 알겠습니다요!"

노예 상인들이 분주해지기 시작했다.

그들은 노예들을 정교하게 살피면서 연신 수첩에 무언가를 작성하고 있었다.

외모, 특히 소녀들의 외모가 너무 대단했다.

귀족가의 여식이라고 해도 믿을 수 있을 정도로 빼어난 용모들.

그제야 노예 상인들은 5천 리랑이라는 최소 입찰가를 납득하고 있었다.

매부리코의 노예 상인이 루인의 앞을 지나칠 그때였다.

"당신이 우리 모두를 사 주십시오."

매부리코의 노예 상인, '하벨'은 무감각한 얼굴로 루인을 응시했다.

"나도 그러고 싶네."

"10만 리랑 정도면 충분할 것 같습니다."

"뭐……?"

그렇게 하벨이 황당해하고 있을 때 다른 노예 상인들이

크게 웃었다.

"하하하! 저 당돌한 녀석 좀 보게! 10만 리랑에 자신들을
사 달라니!"

"흐흐! 10만 리랑이 뉘 집 개 이름이더냐?"

대체 10만 리랑이라니.

아무리 상품성이 대단하다고 해도 그 정도 금액은 결코 이
익을 볼 수 없는 매입가였다.

고작 노예 여섯에 10만 리랑이라는 거금을 쾌척할 정도라
면 아예 다른 상인들과 경쟁하기조차 싫다는 뜻일 터.

한데 노예가 그런 무리한 금액을 스스로 요구하고 있다는
점이 기이했다.

하벨이 코를 매만졌다.

"내가 왜 그래야 하지?"

"오늘 저희들을 놓친다면 뼈저리게 후회할 것이기 때문입
니다."

"후회? 이 하벨이……?"

게슈타스가 묘한 표정으로 그런 루인을 바라보고 있었다.

노예로서 자신의 몸값이 높다는 건 그리 좋은 소식이 아니
다.

주인은 자신이 지불한 가격만큼의 가치를 반드시 노예에
게 뽑아 먹으려 들기 때문.

"내가 너희들을 10만 리랑에 산다면 어떤 일이 벌어질지는

알고 있느냐?"

"단순한 노예로 사는 건 포기해야겠지요."

마치 자신을 잘 안다는 듯 묘하게 웃고 있는 모습까지…….

하벨은 루인의 기묘한 태도에 점점 호기심이 생겨났다.

"좋아. 너희 사내놈들은 모두 검노(劒奴)로, 너희는 귀족가의 성노(性奴)로 되팔아 주지."

"……."

검노.

귀족가의 기사들은 필연적으로 합을 맞추는 결투가 아닌 진정한 실전에 목말라하게 되어 있었다.

검노(劒奴)란 그런 기사들의 욕망을 실현시켜 줄 맞상대.

기사들에게 실제 살을 가르는 느낌을, 육편이 튀기는 전장을 실감나게 재현해 주는 존재들이 바로 검노였다.

말 그대로 고기 방패의 인생이며, 5년 내 생존율은 거의 제로에 가깝다.

그러므로 검가에서 검노를 구입한다는 건 목숨을 산다는 의미였기에 최대한의 목숨값을 미리 지불한다.

그리고 성노.

달리 표현할 필요가 없는, 귀족들의 짐승 같은 욕망과 변태적인 욕구를 고스란히 감내하며 살아가야 하는 여성들이었다.

당연히 귀족가와의 은밀한 거래인 만큼, 조건은 최고로 쳐준다.

거래 자체가 비밀인 경우가 많아서 침묵을 지키는 대가이기도 했다.

"이래도 원하느냐?"

"원합니다."

"허……?"

하벨을 올려다보며 루인은 웃고 있었다.

생도들은 그런 루인의 생각을 도무지 읽을 수가 없었다.

흘러가는 대로 적당히 내버려 두면 될 텐데 군이 루인은 사건을 만들고 싶어 하는 사람처럼 복잡하게 굴고 있었다.

대체 검노와 성노라니.

물론 마도사인 루인이 일이 그렇게까지 흘러가도록 내버려 둘 리는 없겠지만, 그래도 그런 저급한 말들로 자신들이 언급되었다는 사실 자체가 모멸적이었다.

"살다 살다 자신의 몸값을 주인에게 직접 흥정하는 놈은 처음 보는군. 어떤가 하벨? 이놈의 말대로 정말 10만 리랑에 매입할 생각인가?"

"……."

매부리코 하벨은 한동안 말이 없었다.

분명 터무니없는 주장이었다.

아무리 노예로서 최고의 시기이며 외모 역시 출중하다지만 비싸 봐야 3만 리랑.

그것도 소녀 노예들에게 시장이 허락하는 가장 최고의 대우(?)를 해 줬을 때나 가능한 이야기였다.

"꼭 저희를 사 주십시오."

반면 루인은 꼭 하벨과 함께 배에 오르고 말겠다는, 그런 절박한 마음이 고스란히 느껴질 정도.

하벨이 가득 입술을 깨물더니 장고 끝에 결론을 내렸다.

"후회하지 말거라."

"감사합니다."

정말 하벨이 10만 리랑을 적어서 게슈타스에게 전달하는 것을 보면서, 몇몇 노예 상인들이 기가 질린다는 표정으로 그를 쳐다봤다.

"썼어! 정말로 10만 리랑을 써서 냈다구!"

"미친! 하벨! 자네 제정신인가!"

반면 때아닌 횡재를 맞은 게슈타스는 연신 싱글벙글.

루인이 하벨에게 다가가더니 묘한 표정으로 웃었다.

"감사합니다."

악제(惡帝)의 수많은 군단장들 중에서 가장 잔인하고 악명 높은 빌런은 누구일까?

절규하는 악령, 라벨랑제?

무한 파괴자, 자메오?

그도 아니면 아홉 배덕자, 네홈?

후보가 너무 많아 쉽게 결론짓기는 힘들었다.

그러나 루인은 단 하나만은 확신할 수 있었다.

인간을 가장 많이 학살한 자.

그건 고민할 것도 없이 놈이었다.

영혼 수집가, 하벨.

그 끔찍한 자를 이곳에서 마주칠 줄은.

정말 꿈에도 몰랐다.

◆ ◈ ◆

거대한 배들의 접안 시설로 가득한 항구.

밀물이 빠지자 무역선들이 하나둘 떠나가기 시작한다.

루인은 저 멀리 하역 노동자들의 틈에 섞여 있는 하벨을 무심히 바라보고 있었다.

끈질기게 살폈으나 청염(靑炎)은 느껴지지 않았다.

노예 상인.

인류에게 그 끔찍한 일을 저지른 이의 소싯적 직업치고는 제법 평범한 편이었다.

더욱이 악인이라는 생각조차 들지 않을 정도로 무색무취의 인간이었다.

업계 내의 다른 노예 상인들에게도 제법 평판이 높았으며, 확인한 소문들도 살벌한 구석은 단 하나도 없었다.

저리도 평범한 인간이, 대체 어떻게 그런 일을 저질렀을까?

"역시 아는 사람이군."

루인이 사람에게 흥미를 보일 때 나타나는 전형적인 반응들.

루인은 월켄에게도 그랬고 시르하에게도 그랬다.

하지만 하나가 달랐다.

월켄과 시르하를 바라보던 루인의 눈빛은 지금처럼 악마적이지 않았으니까.

"저 남자는 누구지?"

그 말에 루인은 대답하지 않았다.

아니 할 수가 없었다.

이건 난제이자 철학의 문제였다.

아직 어떤 악(惡)도 되지 않은 자를 미리 징치하는 것이 과연 합리일까?

고작 미래를 안다고 해서?

하지만 자신이 아는 미래와 다르게 흘러간다면?

저 하벨이 그 처참하고 잔혹한 영혼 수집가로 또 살아갈 거라는 확신은 어쩌면 대마도사의 오만일 수도 있었다.

한데 그때.

< 나쁜 사람이에요. >

루인이 묘한 표정으로 루이즈를 바라봤다.

"그게 무슨 말이지?"

〈설명할 순 없지만 전 알 수 있어요. 끔찍하리만치 처참한 마음을 품고 있는 남자예요.〉

루이즈는 말로 표현할 수 없는 감(感)을 느끼는 재주가 있었다.

전생에서도 그런 루이즈의 감 때문에 전략 자체를 뒤바꾼 적이 한두 번이 아니었다.

"구체적으로 말해 봐."

〈그는 살인자예요.〉

"살인자?"

〈네. 끔찍한 살인을 수도 없이 반복한. 잔혹한 자.〉

이건 감의 영역이 아니다.

"근거는?"

〈사람을 수도 없이 살해한 사람이 풍기는 기묘한 죽음의 냄새가 있어요.〉

루인뿐만 아니라 여기 모인 모든 생도들은 누가 뭐래도 마법사.

마법사들은 명확한 인과 관계를 선호한다.

추론과 예상의 영역을 살피더라도 논리적인 귀납이 전제되지 않는다면 학문으로서의 가치를 평가하지 않는다.

하지만 루이즈의 대답은 그런 귀납을 모조리 무시하는, 그저 한 사람의 본능적인 감각의 영역일 뿐이었다.

언제나 익살로 가득한 시론도 지금만큼은 진지하게 루이즈를 힐난했다.

"한 사람을 살인자로 몰아가는 데 '죽음의 냄새' 따위를 증거라고 내밀고 있다니. 너답지 않아 루이즈."

마찬가지로 리리아도 마법사로서의 자아를 드러냈다.

"그가 끔찍한 마음을 품고 살고 있는 증거란 것이 고작 그게 전부란 말인가."

〈 …… . 〉

동료들의 계속되는 힐난에도 내내 침묵을 유지하고 있는 루이즈.

그녀는 금방 루인을 바라봤다.

다른 동료들이 하나같이 의심이나 힐난을 보낼 때도 오직 그만큼은 아무런 반응 없이 묵묵히 듣고만 있을 뿐이었다.

"죽음의 냄새라…….."

적요(寂寥)하는 마법사의 또 다른 이명인 '침묵의 심판관'.

그녀가 그런 이명으로 불렸던 이유는 간단하다.

오랜 침묵 끝에 결론 내린 그녀의 심판이 대체로 실체에 가까웠기 때문이다.

인간은 하나의 감각이 제거되면 제3의 감각이 새롭게 탄생한다고 알려져 있다.

말을 하는 능력 대신 얻게 된 루이즈의 제3의 감각은 본질을 깨닫는 새로운 감각 '진실의 눈'.

어떤 이론과 마법, 학문으로도 설명할 수 없는, 오직 그녀만의 고유한 감각이었다.

"그렇다면 확실하군. 놈은 살인자다."

그런 루인의 확신에 생도들은 하나같이 벙찐 표정이었다.

"뭐라구?"

"아니 결론이 그렇게 된다고?"

"그걸 믿는다?"

루인의 눈동자는 일체의 흔들림이 없었다.

"어. 난 믿는다."

저 적요하는 마법사가 한 치의 망설임도 없이 결론 내린 심판(審判).

그녀의 인생을 모두 지켜본 인류 연합의 대마도사로서 의심을 가질 어떤 이유도 없었다.

"아니 그건 애초에 말이 안 되잖아요? 사람의 목숨을 하찮게 여기는 살인마가 노예상이라뇨? 자신의 이익을 지키려면 때론 노예들의 목숨도 지켜야 할 텐데 그게 살인마에게 가능한 일인가요?"

"맞아. 가장 쉽게 살인을 즐길 수 있는 그 좋은 환경을 살인마가 어떻게 견딘단 말이지? 힘없는 노예들을 다루는 살인마가 살인을 참을 수 있을 리가 없어."

루인은 웃고 있었다.

어찌 보면 아직 참 순진한, 세상의 밝은 면만 바라보며 살아가는 착한 아이들이었다.

"이제 너희들도 루이즈의 감을 흉내 내고 싶은 건가? 저자가 자신의 노예를 죽이지 않았을 거라는 그 착한 가정의 근거는 또 뭐지?"

다프네의 얼굴이 뾰로통해졌다.

"그렇게 욕망으로만 살았다면 저 노예상은 돈을 벌지 못했을 거예요."

"10만 리랑을 거리낌 없이 투척하는 걸 보니 돈을 많이 버는 노예상이다?"

"당연해요!"

피식.

"그럼 나쁘네. 네가 지금까지 경험한 가장 큰 부자는 누구지?"

"그건……."

다프네는 루인의 질문에 대답할 수가 없었다.

그 질문에 대답을 한다는 건 자신의 오류를 스스로 증명하는 꼴이었으니까.

"아마 나겠지?"

"아니에요! 하이렌시아가라면……!"

"호오, 두 눈으로 확인은 했고? 마법사답게 실증적으로 가자고."

"그건 아니지만……."

"그럼 역시 나라는 소리군."

천문학적인 규모의 마정석과 수십 기의 마장기를 아공간에 보유하고 있는 터무니없는 마법사.

게다가 그 아공간에는 이름 모를 고대의 아티펙트들도 즐비했다.

그 물건들을 모두 금으로 치환한다면 대체 얼마만큼의 가치로 환산될까?

다프네는 감히 그 단위를 상상할 수가 없었다.

한 사람이 지니기엔 너무 아득하고 터무니없는 규모의 재산이었다.

"네 말대로라면 난 이 세계에서 가장 잘나가는 상인이어야 할 텐데 의외로 마법사군. 마법사가 이렇게 재산이 많아도 되나?"

그제야 생도들은 루인이 무슨 말을 하고 싶어 하는 건지 조금씩 알아듣기 시작했다.

사람의 본성을 인과가 분명한 마법 공식처럼 생각하지 말라는 뜻.

세상엔 설명할 수 없는 일들이 수도 없이 많다는 것을, 저 루인이 자신들에게 손수 가르치고 있는 것이었다.

"사, 살인마가 우리에게 다가오고 있어!"

세베론의 다급한 외침에 모두가 긴장했다.

루인과는 달리 아직 루이즈의 주장을 모두가 믿는 건 아니었다.

그래도 한번 살인자로 인식이 박히게 되니 꺼림칙한 것은 그들로서도 어쩔 수 없는 노릇.

하벨이 하역장에 묶여 있는 루인 일행을 감정 없는 눈으로 내려다보고 있었다.

"너희들도 오늘 출항한다."

"벌써요?"

화들짝 놀라는 다프네의 반응에 하벨의 두 눈에 묘한 감정이 얽혔다.

찰나지만 루인은 분명하게 관찰할 수 있었다.

갈증.

욕망.

아직은 싹에 불과하지만 그것은 분명한 '영혼 수집가'의 눈이었다.

'놈이다!'

마침내 자신을 향한 의심을 깔끔하게 비워 낸 루인.

"귀한 값을 치르고 사들인 녀석들을 허투루 대할 순 없지. 제리. 이놈들을 모두 배에 실어라."

고참 노예 제리가 텅 빈 눈으로 몸을 숙였다.

"어디로……."

"어디긴? 내 방이지."

순간 전율로 온몸을 부르르 떨고 있는 제리.

제리의 표정에 복잡하게 얽혀 있는 감정.

고통과 증오, 연민과 걱정으로 얼룩진 그의 얼굴을 루인은 무감하게 바라보고 있었다.

곧 제리가 루인 일행을 묶고 있는 쇠사슬을 손에 쥐더니 치렁하게 늘어뜨렸다.

"그럼 먼저 가 있겠습니다."

"수고."

하벨을 향해 꾸벅 예를 올리더니 천천히 걸어가는 제리.

족쇄에 묶여 있는 루인 일행을 충분히 배려한 느린 걸음걸이였다.

그렇게 루인 일행이 제리의 안내에 따라 거대한 갑판 위에 올라섰을 때.

시론은 눈앞에 펼쳐진 광경에 입을 다물지 못하고 있었다.

직접 두 눈으로 바라보고 있음에도 현실감이 느껴지지 않아 몇 번이고 눈을 껌뻑이고 있는 건 세베론도 마찬가지였다.

"어떻게 사람을……."

"저럴 수가……."

세로로 뉘여진 기다란 통나무에 수많은 노예들이 촘촘하게 묶여 있었다.

그것도 쌓아 놨다.

그 잔인한 층적의 광경에는 나이나 성별, 인종과 지역 같은 세상의 일반적인 기준은 단 하나도 보이지 않는다.

기준은 오직 단 하나.

체중이 무거운 노예들은 하층.

가벼운 노예들은 상층.

오직 그 하나의 간결한 기준으로만 철저하게 층계가 구분되어 있는 것이다.

예상은 하고 있었지만 막연한 상상을 현실로 접하는 건 또 다른 차원의 충격.

"너무 잔인해……."

"누구에겐 효율이지. 비문명적이고 비합리적으로 느껴지겠지만 저 상태로 폭풍우를 뚫는 건 오히려 생존율을 높이는 결과로 이어진다."

"저 상태로 생존?"

시론이 눈살을 찌푸리며 루인을 쳐다보고 있었다.

한 달 이상을 저렇게 묶여서 가는 상황에서 무슨 생존?

상층에서 쏟아지는 용변을 맞으며 하층의 노예들은 대체 무슨 생각을 할까?

저런 건 같은 인간이기를 포기하는 짓이다.

루인이 혐오의 감정으로 얼룩진 시론의 얼굴을 무심히 쳐다봤다.

"적어도 폭풍우와 파도에 휩쓸려 죽진 않겠지. 또한 체온 유지에도 상당한 도움이 될 테고. 소요 사태 또한 걱정하지 않아도 된다."

노예 상인들의 간절한 목표는 자신들이 구입한 노예들을 최대한 많이 살려서 해상 왕국 웨자일에 도착하는 것이었다.

그런 노예 상인들이 수없는 항해를 통해 최선의 방법을 고안해 낸 것이 바로 저것.

"애초에 적게 실으면 될 텐데⋯⋯."

다프네의 순진한 발상에 루인이 피식 웃었다.

"희생자가 제법 생기더라도 한 번에 많이 싣는 편이 훨씬 이익이 크니까."

정상적인 노예 무역을 하려면 이런 거대한 상선을 열 번 이상 더 움직여야 했다.

그런 천문학적인 운송 비용을 감당하는 노예 무역은 하지 않으니만 못했다.

그런 루인 일행의 대화를 무심하게 관찰하던 제리가 적절한 충고를 건네 왔다.

"너희들 혹시 귀족 출신인가? 그렇다면 티를 내지 않는 편이 좋을 거야."

루인이 제리를 바라본다.

"왜지?"

"그를 자극할 테니까."

"무슨 자극?"

제리는 대답 없이 연신 한숨을 내쉬었다.

이놈들은 지금 통나무에 묶인 노예들을 걱정하고 있었지만 정작 가장 불쌍한 노예들은 바로 자신들이었다.

"그를 자극하니까 절대로 비명은 지르지 마. 살아남을 수 있다면 무조건 악착같이 버텨. 명심해. 절대 살려 달라고 빌지 마."

"그, 그게 무슨 소리죠?"

두려움이 치민 표정으로 몸을 떨고 있는 다프네.

"그래도 저 악마는 한 번 망가뜨린 육체를 다시 망가뜨리진 않아. 그게 너희들의 유일한 탈출구다."

태양에 의해 뜨겁게 달아오른 갑판의 끝자락에 다다랐을 무렵.

쿵. 철컥.

제리가 비밀스러워 보이는 선실 앞에서 육중한 자물쇠를 열자.

고약한 악취가 진동하는 선실 내부의 전경이 드러났다.

"이건……."

"저게 다 뭐야!"

미세 절삭용 초소형 톱, 다양한 크기의 고정 드릴과 놀라운 형태의 칼들, 그리고 기괴한 자세를 유발하는 형틀까지…….

흉측한 칼날 곳곳에 남아 있는 살점, 누군가의 체액, 말라 비틀어진 핏물 등.

그야말로 인간이 상상할 수 있는 모든 그로테스크(Grotesque)가 잔인하게 펼쳐져 있었다.

누가 봐도 이건 인간을 잔인하게 도살(屠殺)한 흔적.

씨익.

"놈의 천국이 여기에 있었군."

오히려 후련하다는 듯한 루인의 얼굴을 제리가 기이하게 바라본다.

"넌 무섭지 않은 거냐?"

"무섭지."

"그런데……?"

루인이 두려워하는 건 영혼 수집가 하벨이 아니었다.

그 하벨을 징치하는 자신의 모습이 두려울 뿐.

그때.

쿵—

육중한 선실의 문이 닫히는 소리와 함께 완벽한 암흑이 펼쳐졌다.

치익- 하는 소리와 함께 몇 개의 횃불이 타오르자 시론과 다프네는 경악하고 말았다.

선실의 반대편.

놀랍게도 그곳은 번들거리는 유리가 한 벽면을 통째로 차지하고 있었다.

그리고 그 유리벽 너머에는 정교한 문양으로 세공된 의자 수십 개가 가지런히 드러나 있었다.

저 의자에 앉아 이쪽을 바라본다면 마치 거대한 유리로 된 밀실처럼 보일 것이다.

"관객석인가."

횃불에 의해 드러났다 사라지기를 반복하는 리리아의 표정이 기괴하게 비틀리고 있었다.

이런 비밀스러운 사교 모임(?)이라니!?

저벅. 저벅.

그것은 신발 따위를 신은 평범한 발소리가 아니었다.

놀랍게도 횃불에 의해 드러난 하벨의 온몸은 완벽한 나체였다.

"으윽! 더럽다!"

"저, 저게 무슨 짓이지?"

온갖 흉측하고 잔인한 상처로 가득한 하벨의 육체.

하벨이 등장하자 갖은 짐승의 가면을 쓰고 있는 관객들도 유리벽 너머로 하나둘씩 입장하고 있었다.

"모두 오셨군요. 급히 돌린 연락에도 이렇게 다들 참여해 주셔서 감사드립니다."

유리벽 너머의 가면들이 하벨을 치하했다.

"대단한 실험체를 확보했다길래 궁금했는데 과연 대단하군."

"특히 저 아이는 미학(美學) 그 자체다."

태연하게 잔인한 칼날들과 절삭용 톱, 드릴 따위를 점검하던 하벨이 루인을 향해 돌아보며 가학적인 미소로 웃었다.

"제 스스로 몸값을 붙인 녀석들입니다. 이제 그 가치를 증명할 차례죠."

눈을 찡긋하는 하벨.

"오늘의 처음은 이놈으로 결정하겠습니다."

"싫다. 저 여자아이부터 해라."

"싫은데요? 맛있는 건 가장 마지막으로 남겨 놓는 게 제 철칙이죠."

치르르르릉.

제리가 루인을 더욱 단단히 묶기 시작했다.

Chapter. 61

　흑마법의 세계에도 여기 모인 인간들과 비슷한 습성을 지닌 마도사들이 있었다.

　사멸학자 혹은 시체학자라고 불리는 이들.

　그들의 정신을 지배하고 있는 미(美)의 기준은 일반인과는 완전히 다르다.

　그들은 육신의 내부를 관조한다.

　펄떡이는 핏줄의 형태, 장기에 울혈이 맺힌 모양, 근육과 지방층 사이의 묘한 균형미, 내골격의 미려한 상태 등.

　평범한 인간들에겐 잔인하고 끔찍한 모든 것들이 그들에겐 쾌감이었다.

실험체가 내지르는 고통의 비명을 데시벨 단위로 측정하며 카타르시스를 느끼는 가학 성애자들.

그들은 실험체가 고통에 몸부림치면 칠수록, 온몸의 모든 감각으로 절정과 쾌락을 느끼는 자들이었다.

다프네를 바라보며 미칠 듯한 갈증으로 헐떡이고 있는 짐승 가면 무리들.

가면으로 감춰져 있음에도 그 끈질기고 탐욕스러운 욕망들을 여실히 느낄 수 있을 정도였다.

루인은 그런 짐승 가면들을 말없이 담담히 바라보며 그 나름대로 안정을 되찾고 있었다.

남아 있는 일말의 죄의식조차 완벽히 잊을 수 있게 만들어 준 저 짐승들에게 차라리 고맙다고 해야 할까?

인간이되 인간이 아닌 자들을 보는 것은 참으로 오랜만이었다.

악제가 그토록 빨리 인류를 멸망시킬 수 있었던 것은 바로 이런 인간들 덕분이었다.

루인은 확신하고 있었다.

여기 모인 짐승들은 악제의 강림이 도래했을 때 망설임 없이 그에게 투신할 자들이라는 것을.

츠르르르릉.

루인을 구속하고 있던 육중한 쇠사슬 뭉치가 어떤 저항도 없이 흘러내린다.

그를 단단히 결속하고 있던 족쇄와 수갑도 힘없이 철컥하고 떨어졌다.

휘파람을 불며 예리하게 날을 갈고 있던 하벨이 그런 루인을 기이하게 바라보고 있었다.

"마법?"

분명 물리적인 힘으로 뜯어낸 것이 아니었다.

저 단단한 결속을 저리도 간단히 푸는 수법이란 고위 개폐마법이 아니고서야 불가능한 것.

루인이 묘한 웃음을 머금었다.

"그냥 노예 상인은 아니란 소리군."

은밀하게 펼친 염동 마법을 단숨에 알아보는 자가 평범한 노예 상인일 리가 없었다.

"너 역시 평범한 노예는 아닌 것 같고."

스르릉-

기묘한 형태의 단도를 빼 든 하벨이 흥분을 참을 수 없다는 듯 입꼬리를 말아 올렸다.

"귀한 분들을 모신 자리에서 잠시 소란을 피우게 돼서 송구합니다. 그리 오래 걸리지는 않을 테니 부디 넓은 마음으로 양해를."

혀를 날름거리던 하벨이 단검을 역수로 잡으며 루인을 향해 쇄도한다.

예상할 수 없었던 경쾌한 몸놀림.

놀랍게도 하벨의 움직임은 정교한 암살자의 것이었다.

노련한 어쌔씬의 몸놀림을 보는 건 루인으로서도 참으로 오랜만이었다.

빠악!

몸을 가볍게 뒤틀며 흘린 루인의 정권이 그대로 하벨의 명치에 꽂혔다.

하벨이 조금은 놀란 얼굴로 자신의 가슴을 바라보고 있었다.

"무투술……?"

"왜? 마법사는 무투술을 쓰면 안 되나?"

콰아아앙-

어깨와 어깨가 부딪쳤음에도 무슨 바위 따위가 부서지는 소리가 울려 퍼졌다.

힘없이 축 처진 하벨의 오른팔.

어깨 관절이 모두 망가졌다는 것을 깨달은 그가 다급히 뼈를 맞췄다.

꾸드득-

"아, 바보같이 거리를 좁히는 어쌔신은 오랜만이라서 그만 힘을 조절하지 못했다."

이를 깨물며 신음하는 하벨.

"으음…… 보통내기가 아니군."

하벨은 단숨에 상황 파악을 하고 있었다.

저 짧은 보폭만으로도 아무런 투기 없이 이 정도 파괴력을 지닌 어깨 공격을 펼칠 수 있는 자라면 최소 고위 무투가.

암살자의 살공(殺功)으로 이렇게 좁은 공간에서 고위 무투가를 맞상대한다는 건 자살행위에 가까웠다.

놀라웠다. 분명 마력이나 투기의 흔적을 면밀하게 살폈거늘.

"이럴 줄 알고 재미있는 걸 차고 왔지."

루인이 차고 있던 목걸이를 빼내 안주머니에 넣고 있었다.

그러고 보니 다른 소년 노예들도 모두 목에 차고 있었다.

"침묵 아티펙트?"

씨익.

"우리가 마법사라는 걸 네놈이 알았다면 이런 진귀한 장소는 구경하지 못했을 테니까."

마력 발산을 흡수하는 침묵 계열의 아티펙트는 마법사의 정체를 감출 수 있는 가장 흔한 아티펙트.

한데 그런 값비싼 아티펙트라면 화려한 귀금속으로 만들어져야 정상이거늘 정작 놈들의 것은 그저 빛바랜 가죽 목걸이에 불과했다.

비로소 하벨은 자신이 함정에 빠졌다는 것을 실감했다.

"이거 오늘 영업은 끝난 것 같군요. 귀빈들께서는 서둘러 퇴실하여 주시기 바랍니다. 이번 관람에 지불하신 비용은 제가 두 배로 배상해 드리겠습니다."

진귀한 관람을 위해 막대한 비용을 아끼지 않는 귀족가의 손님들.

그들을 보호하는 것이 지금으로선 무엇보다 중요했다.

어쌔씬의 살공을 익힌 자신은 어둠만 있으면 언제든 몸을 내뺄 수 있었지만 저들은 아니었다.

"허락한 적이 없는데?"

<u>스스스스-</u>

루인이 수인을 맺자 광활한 융합 마력이 흘러나와 밀실의 사방으로 뻗어 나가기 시작했다.

암살자의 살공을 익히고 있는 하벨은 밀실 내부의 공기가 완전히 변했다는 것을 민감한 감각으로 느끼고 있었다.

"너? 무슨 짓을?"

"모든 출구에 트랩을 걸었다."

"트랩?"

"힘으로 해체하려 들었다간 그 자리에서 타 죽는 모습을 구경할 수 있겠지. 의심이 든다면 어디 너부터 해 봐."

뿌드득하고 이를 가는 하벨.

고위 무투술도 무투술이었지만 놈의 마법도 평범한 수준이 아닌 듯했다.

이토록 짧은 시간에 모든 출구에 트랩 마법을 덧씌울 수 있다는 것 자체부터가 놈이 고위 마법사라는 증거.

게다가.

철컥철컥-

"아, 미칠 듯이 답답했는데 이제야 좀 살 것 같네."

"씻고 싶어요."

"나도."

자연스럽게 수갑과 족쇄를 풀며 형틀에서 일어난 나머지 다섯 마법사들.

눈앞에 서 있는 한 놈만으로도 기가 질릴 판국인데 이제 다른 놈들까지 모두 상대해야 한다니 하벨은 눈앞이 캄캄해질 지경이었다.

그르르륵-

한데 놈이 의자를 당겨 앉고 있었다.

"너도 앉아."

그렇게 하벨이 쭈뼛거리고 서 있을 때 또다시 루인이 가볍게 수인을 맺었다.

밀실과 관객석 사이를 가로막고 있던 유리 벽면에 잿빛 마력이 스며들었고.

마치 누군가가 도려낸 듯한 타원형의 출구가 생겨났다.

터엉-

타원형의 유리가 바닥에 떨어지자 루인의 음침한 목소리가 다시 울려 퍼졌다.

"네놈들도."

그 말에 하벨은 하마터면 주저앉을 뻔했다.

그건 결코 인간의 눈빛과 음성이 아니었다.

무저갱에서 흘러나오는 듯한.

심연에 똬리를 틀고 있는 전율적인 공포.

마치 그건 통째로 세계를 짓밟는 느낌이었다.

흑암(黑暗)의 공포.

초고위 대마도사의 전율적인 신위.

하벨과 짐승 가면들은 감히 그의 의지를 거역할 수 없었
다.

노예?

이자는 처음부터 노예 따위가 아니었다.

분명 이 눈앞의 청년은 인간의 수준을 아득히 벗어난 무언
가였다.

다시 루인이 수인을 맺자.

스르르륵

짐승 가면들이 입고 있는 모든 의복이 하얀 재가 되어 사라
진다.

구유의 불이 남긴 상상할 수 없는 열기에 짐승 가면들은 일
제히 주저앉아 신음을 흘렸다.

"부, 불이!"

"끄아아아아아!"

처참하게 흘러내리기 시작한 피부.

루인은 그들의 몸에 새겨진 문신의 문양과 장신구들을 유

심히 관찰하고 있었다.

"르마델의 귀족은 둘, 나머진 모두 웨자일의 귀족들이군."

하벨의 동공이 폭풍을 만난 것처럼 떨리기 시작한다.

르마델의 귀족가만 해도 팔백여 개, 마찬가지로 해상 왕국 웨자일도 수백 개의 귀족가를 거느리고 있었다.

저들이 지닌 장신구의 형태와 문신의 문양을 살피고 곧바로 출신을 알아볼 수 있다는 것.

그 말인즉 이 괴물 같은 놈은 그 수많은 귀족가들의 면면을 빠짐없이 파악하고 있다는 뜻이었다.

이 괴물 놈의 역량은 단순히 마법과 무투술이 전부가 아닌 것이다.

뎅강.

데구르르르-

르마델의 두 귀족의 목이 바닥에 구르고 있었다.

미세한 윈드 커터가 그들의 목을 자른 것이다.

멍하니 루인을 쳐다보는 하벨.

어떤 살인의 흥분이나 광기도 없이, 그저 무심한 눈으로 사람을 죽여 버리는 괴물.

그 무의미한 눈빛에는 단 한 점의 감정도 일렁이지 않아서 오히려 더한 공포가 하벨을 집어삼키고 있었다.

하벨이 발악하듯 외쳤다.

"네, 네놈! 저, 저분들이 어떤 분들인 줄 알고……!"

"일리안가, 그리고 쟉센가. 더 필요한가?"

"그걸 알면서……?"

일리안가는 하이렌시아가의 봉신가. 더욱이 쟉센가는 르마델 왕실의 방계 가문이었다.

저들의 죽음이 외부에 알려진다면 아무리 놈이 고위 마법사나 무투가라고 해도 무사하지 못할 터였다.

"네놈은 이제 끝장이다! 여기에 있는 우리를 모두 죽인다고 해서 끝인 것 같으냐? 천만에! 대귀족가의 동선은 결코 허투루 관리되지 않는다!"

"대귀족가들이 수색에 나서게 된다면 결국 이곳의 일을 알게 된다는 뜻인가."

"놈! 잘도……!"

"그래. 그래서?"

투명한 눈빛으로 되묻는 루인에게 아무런 말도 하지 못하는 하벨.

한데 하벨은 문득 의문이 들었다.

저 괴물이 르마델의 귀족들만 죽이고 웨자일의 귀족들은 남겨 놓은 것.

아무리 반추해 봐도 그런 놈의 행동에 담긴 의미를 살필 수가 없었다.

"끄으으으으……."

"으아아……!"

물론 살아남은 귀족들도 잿빛 화염에 타고 있는 극한의 고통을 힘없이 감내하고 있었다.

오히려 먼저 목이 잘려 죽은 것이 해방일지도 모른다는 생각이 치밀자 하벨은 악착같이 웃고 있었다.

그 순간.

텁-

갑자기 자신의 양팔을 잡고 있는 괴물을 향해 하벨이 의문의 눈빛을 보내고 있을 때.

촤아아아악!

"끄아아아아아아!"

자신의 손에서 아직도 펄떡거리고 있는 하벨의 양팔을 루인이 쓰레기처럼 구석으로 처박았다.

"저, 저리 가!"

순식간에 양팔을 뜯겨 버린 하벨이 미친 듯이 뒷걸음치고 있었다.

"넌 늘 그랬지."

"크으으…… 뭐……?"

루인의 두 눈은 어느덧 머나먼 과거를 들여다보고 있었다.

"네놈의 가학(加虐)은 사람의 인체를 더럽히는 것으로 끝나지 않았다. 결국 사람의 영혼을 타락시키고 더럽히는 일에 네놈은 더한 희열을 느꼈지."

"그게 무슨……?"

씨익.

"넌 타락한 영혼들을 수집하며 네 권능의 자양분으로 삼았다. 인간의 영혼 그 자체를 타락시킨 건 악제 놈을 제외하곤 네놈이 유일해. 그것이 오늘의 내가 망설이지 않는 이유다."

"끄아아아아아! 도, 도대체 무슨 말을 하고 있는 거냐!"

우우우우우웅-

천 개의 마력 칼날들이 루인의 주위로 소환된다.

"데알잔, 크리스, 메힌, 라히나……."

대마도사의 입에서 영혼 수집가에게 희생당한 무수한 이들의 이름이 흘러나온다.

그리고 그 마지막은.

"……시르하."

그 옛날 악제의 암흑 마력에 유린당한 상태에서 시르하는 영혼 수집가의 영혼 폭풍에 의해 흔적도 없이 산화되었다.

아직도 녀석의 마지막 모습이 아른거려서 뜨거운 눈물이 흘렀다.

이내 참을 수 없는 비감(悲感)이 루인의 입에서 흘러나왔다.

"끝이다. 영혼 수집가."

"이, 이 괴물! 내 죽어서도 널 저주할……!"

푸아아아아아악!

수천 개의 미세한 마력 칼날이 보이지도 않는 속도로 영혼 수집가를 난자했다.

그의 삶을 증거하던 육체는 자욱한 피보라와 함께 흔적도 없이 산화되었다. 그 옛날 시르하가 그랬던 것처럼.

루인이 동료들을 돌아보며 힘없이 웃었다.

"미안하다. 이런 모습을 보이게 돼서."

모두가 참혹함에 고개를 떨구고 있었지만 루이즈만큼은 루인을 향해 웃고 있었다.

그동안 루인이 보여 준 인간 같지도 않은 압도적인 면모.

그래서 생도들은 더 이상 그에게서 받을 충격은 없다고 생각했다.

"……."

마도 명가의 철저한 마인딩을 배워 온 리리아 역시 감정을 다스리는 거라면 누구보다도 자신이 있었다.

하지만 그것은 완벽한 오판.

사방에 질척거리고 있는 핏물이 두렵거나 역겨운 것은 아니었다.

당혹스러운 건 루인의 행위 그 자체.

기수 쟁탈전에서 사람들을 보호했던 행동이나 무투대회에서 그가 보여 줬던 모습, 또한 그간의 언행을 미뤄 봤을 때 루인은 결코 사람을 다치게 하는 것을 좋아하는 이가 아니었다.

한데 수인족을 상대할 때와 지금의 그는 완전히 다른 사람이었다.

인간이, 같은 인간을 살해하는 데 저리도 무감각할 수 있다는 것이 리리아에겐 더없는 공포로 다가왔다.

"……넌 어떻게 그럴 수 있지?"

"뭐가?"

"사람을 죽이는 것."

물리적인 힘으로 한 사람의 생명을 꺼트리는 일.

전장의 기사들이나 어쌔신들에겐 간단한 일이겠지만 아직 세상을 알지 못하는 생도들에겐 아니었다.

"그럼 넌 용서할 수 있나?"

리리아는 말없이 고개를 떨구었다.

노예 상인 하벨이 이 끔찍하고 잔혹한 밀실에서 얼마나 많은 사람들을 대상으로 생체 실험을 해 왔을지는 굳이 조사하지 않아도 뻔했다.

"네가 그를 용서할 수 있다면, 한 번도 분노하지 않았다면 그 힐난을 인정하지. 그게 아니라면 가식은 떨지 마라 리리아."

"……."

"망설이는 순간 그 칼날은 고스란히 자신에게로 돌아오지. 명심해."

"뭘……?"

"너와 난 이런 세상에서 살고 있고 앞으로도 그 사실은 변하지 않을 거다."

잠시 무거운 정적이 흘렀고.

이내 다프네의 조심스러운 음성이 들려왔다.

"저도 하벨은 죽어 마땅한 인간이라고 생각해요. 하지만 저들은 왜 죽였죠? 그리고 공평하지도 않아요."

어쨌든 저 가면들은 귀족이었다.

어떤 국가의 법령에서도 귀족을 단죄하는 일은 엄격한 심문과 재판을 거쳐야 가능한 것.

또한 루인은 웨자일의 귀족들은 내버려 두고 르마델의 귀족들만 목을 잘랐다.

그 기준이 무엇인지 생도들은 알지 못했다.

"난 르마델의 대공가, 하이베른의 대공자다."

그 순간 고참 노예 제리의 두 눈이 휘둥그레 떠졌다.

압도적인 신위를 보인 녀석답게 보통 신분은 아닐 거라고 짐작은 했었다.

한데 위대한 사자가(獅子家)의 대공자였을 줄이야!

"대공가의 권위는 왕실에 준한다. 내겐 왕국의 반역자를 즉결 처분할 권한이 있다는 뜻이지."

"아……!"

대공가 하이베른.

한때 공국의 위상을 구가했던 르마델의 최고위 귀족.

그런 가문이 대공가로서 권위와 명예를 내세운다면 지방 귀족 하나 징치하는 건 일도 아닌 것이다.

"감히 르마델의 귀족이라는 자가 명예를 저버리고 더러운 욕망의 진창에 빠져 쾌락만을 추구했다. 명예를 목숨보다도 아껴야 할 르마델의 귀족이 스스로 그 명예를 시궁창에 던져버렸으니 귀족으로 남을 수 없는 건 당연한 것."

"……"

"왕국의 명예를 저버린 귀족은 참형(斬刑)으로 다스린다. 그것이 이 나라 르마델의 왕법이다."

루인이 아직도 구유의 불이 남긴 잔불에 신음하며 쓰러져 있는 웨자일의 귀족들을 내려다보았다.

"하지만 이 루인이 웨자일의 왕법에 속한 이는 아니지."

그제야 칼날처럼 명확한 루인의 기준을 이해한 생도들.

피와 살점이 난무하는 그 잔혹한 과정에서도 저 루인은 철저하게 하이베른가의 대공자로서 입장과 위계를 지켰다.

시론은 그런 루인에게서 공포를 느꼈다.

어떻게 인간이 그렇게까지 냉정해질 수가 있단 말인가?

그 모든 살육의 과정이 철저한 계산을 마친 행동이었다니……!

루이즈의 언령이 들려왔다.

〈이제 다음을 생각할 차례예요. 앞으로 어쩔 건가요? 이대로 노에 무역선을 접수할 거라면 많이 복잡해질 텐데.〉

루이즈의 말은 일리가 있었다.

어쨌든 이 배에 타고 있는 노예들의 생사여탈권을 쥐고 있는 자는 하벨.

그런 하벨이 죽어 버렸으니 이 배의 선장이 가만히 있을 리가 없었다.

보통 이런 노예 무역선의 선장은 노예 거래로 얻게 될 이익을 나눠 갖는다.

즉 이 배의 선장과 하벨은 서로 운명 공동체인 것이다.

루인은 어느덧 고참 노예 제리를 바라보고 있었다.

"이 배의 선장이 누구지?"

"……겔로타라는 사람입니다."

"성향은?"

제리가 고개를 도리질했다.

"하벨이 죽은 이상, 그는 어떤 협상에도 나서지 않을 겁니다. 이 일을 알게 된다면 그는 즉시 노예들을 모두 자신의 배에서 추방하고 이번 거래를 없던 일로 할 겁니다."

"그래?"

그때 루인의 눈에 들어온 것은 웨자일의 귀족들이었다.

"저 귀족들에겐 항행이 약속되어 있을 텐데? 저자들이 이번 배를 놓친다면 웨자일로 돌아가는 건 한 달이 넘게 걸리지 않나?"

"저분들만 승객으로 모시고 출항할 겁니다."

인상을 찡그리는 루인.

"수지타산이 안 맞을 텐데?"

"겔로타는 그런 사람입니다. 적어도 이 배 위에서만큼은 그의 신용이란 왕법보다 더한 가치가 있습니다."

"호오."

단순히 품성만 전해 들었을 뿐인데도 루인은 겔로타라는 선장이 제법 마음에 들었다.

산전수전을 다 겪은 뱃사람은 오히려 기사보다 더한 의리가 있다는 것을 루인은 경험으로 알고 있었다.

어느새 실신해 버린 웨자일의 귀족들.

그들을 무심하게 바라보던 루인이 다시 제리에게 물었다.

"하벨의 상속자가 될 만한 사람은 누구지?"

"그런 사람은 없습니다."

"자식…… 아니 부인도 없나?"

"그렇습니다."

"역시나."

그럴 만도 하다.

인간이기를 포기한 가학 성애자가 정상적인 가정을 이룰 수 있을 리가 없으니까.

"그렇다면 내가 직접 그를 만나 보는 수밖에."

"다시 말하지만 부질없는 짓입니다."

피식 웃던 루인이 아직도 핏물이 흥건한 의자에 털썩 앉았다.

"그를 불러 줘."

당황해하는 제리.

"이곳으로 말입니까……?"

루인은 지금 처참한 살해의 현장을 아무런 거리낌 없이 공개하겠다는 입장을 취하고 있었다.

철저하게 숨겨도 협상이 진행될지를 장담할 수 없는 판국에 오히려 이곳으로 선장을 부른다니 제리는 기가 찼다.

"다시 생각해 보십시오. 선장은……."

"계속 느끼고 있는데 그대는 참 노예답지 않아. 하벨과 너무 깊은 관계라서 그런가?"

오랫동안 노예 생활을 한 사람이라면 자신의 생각과 가치관을 드러내는 일을 되도록 자제할 것이다.

한데 제리에게는 그런 노예의 습성이 없었다.

루인은 그런 제리에게 뭔가가 있다고 생각했다. 분명 평범한 노예는 아니었다.

"두 번 말하지 않겠다. 이곳으로 그를 불러."

기이한 눈빛으로 한참을 서 있던 제리는 결국 밀실에서 사라졌다.

차 한 잔 마실 시간이 흐르자 그가 선장 겔로타를 데리고 나타났다.

육중한 물소 가죽옷을 겹겹이 껴입고 나타난 겔로타는 특유의 강인한 첫인상과는 달리 금방 멍한 얼굴이 되어 버렸다.

목이 잘린 짐승 가면의 시신 두 구.

녹아 흘러내린 피부에 기절해 버린 다른 짐승 가면들.

밀실 내부를 가득 메우고 있는 이 역한 피 냄새는 틀림없는 처참한 살육의 현장이었다.

"제리? 이게 대체……? 하벨은 어디 갔나?"

"주인님은 죽었습니다."

"뭐?"

그제야 큰일이 벌어졌다는 것을 인지한 겔로타가 결국 차분하게 앉아 있는 루인을 발견했다.

루인의 침잠한 눈빛에 일렁이고 있는 거대한 분노를 그는 본능적으로 읽어냈다.

"넌……?"

형틀 의자에 앉아 있는 놈은 분명 노예였다.

한데 풍기는 분위기나 기묘한 눈빛이 노예와는 전혀 어울리지 않았다.

"묻겠다 선장."

"……?"

겔로타가 더욱 진한 의문의 눈빛을 건네고 있을 때 루인의 잦아든 목소리가 다시 그의 귓전으로 날아들었다.

"이곳에서 벌어지는 일들을 당신도 알고 있었나?"

겔로타가 대답이 없자 루인이 웃었다.

"모른다고 말할 셈인가? 그럼 말해 주지. 하벨은 도살자다.

펄떡이는 핏줄을 끊어 내고 뼈를 갈아 내는 걸 즐기는 자. 실험체가 고통의 비명을 지르면 지를수록 극도의 흥분에 휩싸이는 일종의 가학 성애자지. 놈은 그런 자신과 비슷한 부류의 인간들에게 돈을 받고 이곳의 유희를 공유했다. 자, 다시 묻지. 겔로타."

루인이 자리에서 일어나며 주변을 슬며시 돌아본다.

"이 배에서 그런 일이 일어나고 있다는 걸 당신도 알고 있었나?"

"……왜 내게 그런 걸 묻느냐?"

루인의 두 눈이 무저갱처럼 가라앉는다.

"이 배는 당신의 배니까."

선장(船長).

배 위에서만큼은 모든 선장들은 왕이었다.

자신의 영토에서 일어나는 일들을 모른다며 외면하는 왕이라면 애초에 협상할 가치도 없다는 것이 루인의 판단.

한데 의외로 겔로타는 순순히 인정하고 있었다.

"알고 있었다."

"그래?"

그의 대답은 하벨이 저지르는 살육의 유희를 선장으로서 방조했다는 뜻.

루인이 곧바로 되물었다.

"당신도 피를 보면 흥분하는 스타일인가?"

"오히려 구역질 나지."

"그럼 왜 이런 공간을 방치했지?"

마치 취조하듯 행동하는 루인이 마음에 들지 않을 법한데도 의외로 겔로타는 순순히 모든 것을 대답하고 있었다.

"녀석은 내가 바다에서 지켜 내지 못한 친구의 유일한 아들이다."

그런 겔로타의 대답에 루인은 굳이 되묻지 않았다.

그의 한마디에 모든 것이 담겨 있었다.

자신이 어떤 죄의식으로 살며 또 얼마나 회한에 몸부림치고 있는지를.

"그래. 이해한다. 하지만 선장의 행동엔 책임이 뒤따르지."

노련한 선장답게 겔로타는 이 모든 상황이 루인에 의해 벌어졌다는 것을 즉각적으로 받아들이고 있었다.

형편없이 우그러진 족쇄와 수갑.

곳곳에 버려져 있는 쇠사슬 더미.

몸을 구속하고 있는 모든 것들을 저렇게 간단히 해체하고 고위 어쌔신의 살공을 익히고 있는 하벨을 흔적도 없이 죽여 없앨 정도라면 더 말할 것도 없었다.

고작해야 선상 검술을 익히고 있는 자신이 상대할 수 있는 수준이 아니었다.

겔로타는 차라리 후련했다.

"그래. 죽여라."

겔로타의 차분한 눈빛.

루인은 그런 반응을 마치 예상이라도 했다는 듯이 묘하게 입매를 비틀었다.

"세상의 일이란 것이 그리 간단할 리가 없다는 것을 당신 같은 자라면 잘 알고 있을 텐데."

"날 통해 뭘 도모할 생각이라면 포기해라. 네놈은 내가 가장 소중하게 여기던 친구의 아들을 죽였다."

"그래?"

루인이 일어났다.

이어 그의 수인에 의해 거센 융합 마력 줄기가 천천히 허공을 맴돌았다.

새하얀 마력 칼날.

유령처럼 허공을 유영하고 있던 루인의 마력 칼날이 천천히 밀실의 바닥을 파고들었다.

"당신 같은 자들을 잘 알지."

치이이이이익!

마력 칼날이 밀실의 바닥에 닿자 육중한 판자들이 흔적도 없이 분해되며 사라졌다.

평생을 뱃사람으로 살아온 겔로타가 고위 마법사의 손에 발휘되는 마력 산화 현상을 언제 경험했겠는가?

"무, 무슨 짓이냐!"

"보시다시피."

저항 없이 갑판을 파괴한 마력 칼날이 어느덧 눈에 보이지 않을 정도로 깊숙이 파고들었다.

갑판을 지탱하고 있던 몇 개의 축이 무너지자 간헐적으로 우지끈하는 소리가 들려왔다.

"당신이 이 배와 평생을 함께한 선장이 맞다면 이 짓을 참을 수 있을 리가 없거든."

쿠쿠쿠쿠쿠-

밀실이 기우뚱하며 오른쪽으로 쏠렸다.

밀실을 지탱하고 있던 갑판의 축이 완전히 나간 것이다.

"선장은 폭풍우 속에서 목숨을 버릴 수 있을지언정 자신의 배가 망가지는 것은 결코 뜬 눈으로 볼 수가 없지."

콰콰콰쾅!

선장이기에 알 수 있었다.

이 소리는 선미의 용골(龍骨)이 완전히 부서지는 소리라는 것을.

"자, 잠깐!"

그제야 겔로타는 이 눈앞의 괴물이 배에 대해서도 해박한 지식을 가진 놈이라는 것을 깨달았다.

배를 모른다면 아무리 마법사라고 해도 이토록 짧은 시간 안에 이 거대한 배의 용골을 부술 수 있을 리가 없었다.

"도대체 원하는 게 뭐냐!"

그제야 루인이 수인을 거두며 활짝 웃었다.

겔로타가 마음에 든 모양이었다.

◆ ◈ ◆

루인은 늘 재잘재잘 훈수를 늘어놓던 쟈이로벨이 없다는
것에 공허했다.

친구보다 원수로 지낸 세월이 더 많은 놈이지만 그래도 녀
석은 최후까지 믿을 수 있었던 동반자.

과연 월켄의 영혼에서 잘 지낼 수 있을지 의문이 들었지만
검성(劍聖)도 그리 만만한 녀석은 아니니까.

제법 흥미로웠다.

비록 월켄이 기사라고 해도 마신의 지혜를 엿본다면 그로
서는 더없는 계기가 될 터.

어쩌면 지난 생의 그가 끝내 정복하지 못했던 초월자의 경
지에 좀 더 가까이 다가갈 수 있을 것이다.

루인은 진심으로 그렇게 되기를 바랐다.

자신이 가변세계에서 잘못되기라도 한다면 그가 이 세계
의 유일한 희망일 테니까.

초월자(超越者).

나약한 인간의 영혼, 죽음이 정해져 있는 피류의 몸으로 도
달할 수 있는 가장 위대한 경지.

인간의 문명사를 통틀어 누구도 감히 넘볼 수 없었던 꿈의

경지이며, 필멸자로서 '존재'들과 대등해질 수 있는 유일한 도정.

역사가들은 태초의 마법사 테아마라스를 비롯한 몇몇 고대의 영웅들이 도달했던 경지라고 굳게 믿고 있었지만 그것은 완벽히 틀린 추측이었다.

초월자의 경지가 정확히 어떤 수준이며 무슨 권능을 구사할 수 있는지를 역사가들도 구체적으로 몰랐기 때문이었다.

루인은 초월자의 경지에 도달한 인간은 유사 이래 오직 테아마라스, 즉 악제뿐이라고 확신하고 있었다.

초대 사자왕 사홀도 생전에는 도달하지 못했다.

드래곤을 애완견처럼 부리던 사홀조차도 죽음에 이르러서야 겨우 초월자의 편린을 마주한 것.

그의 사념을 직접 받아들인 루인이기에 그가 끝내 완성하지 못한 갈망을 분명하게 느낄 수 있었다.

그렇다면 흑암의 공포이자 테아마라스 이후 두 번째 대마도사(大魔道士)라고 불렸던 자신은 과연 초월자였을까?

그동안은 확신할 수 없었으나 지금은 알고 있었다.

그때의 자신조차도 초월자의 경지에 닿지 못했음을.

사홀과 마찬가지로 흑암의 공포가 느꼈던 것 역시 그저 초월자의 작은 단면에 불과한 것이었다.

하나 그 작은 편린을 경험한 것만으로도 자신은 위대한 대마도사로 군림했다.

지금의 상태론 초월자, 즉 악제의 경지가 어느 정도일지 감이 잡히지 않았다.

테아마라스가 가변세계에서 초월자의 단서를 얻은 것이 사실이라면 무슨 수를 써서라도 그것을 파악해야 했다.

"어?"

시론이 갑판 위에서 바다를 바라보고 있는 루인을 발견하곤 다가왔다.

루인은 용골의 수리를 위해 노예 무역선이 정박하고 있던 기간 내내 여관에 틀어박혀 있었다.

시론은 그런 루인에게 왠지 말을 붙이기가 어려웠다.

루인은 노예 무역선이 지나간 자리에 생겨난 배파랑에서 눈을 떼지 못하고 있었다.

"선장은?"

"아직까지 특이할 만한 행동은 없어."

협상을 할 수 있었다면 좋았겠지만 겔로타 같은 부류의 선장은 이익만으로는 쉽게 움직이지 않았다.

더 이상 시간이 지체되면 난처했기에 하는 수 없이 선택한 극약 처방이 바로 진득한 협박.

뱃사람의 자존심을 망가뜨려 놨으니 분명 부작용이 생겨날 텐데 아직 별다른 반응이 없다는 것은 다행이었다.

일단 출항은 했으니 목적지까지는 무사히 도착할 수 있을 것이다.

항해를 가지고 장난질을 할 선장 같진 않아 보였다.

"사람을 죽이는 건 어떤 기분이지?"

조심스럽게 묻는 시론을 바라보며 루인은 피식 웃음이 터져 나왔다.

왕성한 호기심을 자랑하는 영락없는 소년의 표정이었다.

"그다지 유쾌하진 않지. 이 내가 마음을 다스리느라 며칠 동안 여관에 틀어박혀 있을 정도로."

그제야 조금은 얼굴이 편안해진 시론.

"역시 너도 사람이군."

"그럼 드래곤이냐?"

그 순간.

찰나지만 시론의 표정이 조금 딱딱해졌다 풀어지는 것을 루인은 놓치지 않았다.

루인의 얼굴에 금방 기묘한 감정이 스쳤다.

"너였나?"

"응? 뭘?"

순진한 눈망울을 껌뻑이고 있는 시론.

루인은 또 한 번 헛웃음이 치밀었다.

너무 민감한 건가?

마음의 여유가 없다 보니 모든 상황들이 의심의 연속이었다.

"유희하는 드래곤들은 배역에 완벽히 녹아든 삶을 산다더군. 유희체로 살아가는 것에 철저하게 빠져든 어떤 드래곤은 아예 본래의 정체성마저 잊은 채 평생을 인간으로 산다고도 전해지지."

"그건 나도 들은 적이 있다. 드래곤들이 병적으로 유희를 즐긴다는 걸."

피식.

"태초부터 존재해 온 지고룡이라니…… 그 엄청난 세월을 유희로 보내 온 존재라면 자신의 배역에 얼마나 충실할 수 있을지 짐작도 안 가."

"아마도 엄청나겠지? 그 정도 고룡이라면 거의 유희체와 드래곤의 인격을 구분하기 힘들 정도가 아닐까?"

"그래……?"

시론을 의심하는 건 아니지만 지고룡(地古龍)이 자신의 주위를 배회하고 있다는 말을 다름 아닌 비셰울리스에게 들은 마당이었다.

만에 하나 시론이 지고룡 카알라고스라면?

이 정도로 떠보는 데도 저렇게 순진한 반응을 할 수 있는 거라면 그 자체로 정말 소름이 돋는 일이었다.

"그래. 믿겠다. 시론."

"도대체 무슨 말을 하고 있는 거야?"

저렇게 펄쩍 뛰는 걸 보니 오히려 더 의심스러웠지만 일단은 믿어 볼 수밖에 없었다.

시론이 아니라면 과연 카알라고스의 유희체는 누구일까?

자신과 가장 가까운 곳.

리리아, 다프네, 세베론, 루이즈.

이 중에 전생의 인연인 루이즈를 제외한다면 리리아와 다프네, 세베론 중에 하나였다.

저 독심의 리리아나 순진무구 그 자체인 다프네, 어리숙한 천재 세베론 중에 지고룡 카알라고스가 있다니?

루인은 또 한 번 뜻 모를 웃음이 치밀었다.

'참 대단한 늙은이군.'

시론까지 총 네 명의 생도 중에 만약 그가 있다면 여러 의미로 대단한 드래곤이 아닐 수 없었다.

자신의 기억 속에 그 정도까지 철저하게 배역을 소화했던 드래곤은 존재하지 않았으니까.

한데 자신의 주위를 배회하고 있는 이유는 과연 무엇일까?

아무리 생각해도 그 이유를 찾기 힘들었다.

지금으로서는 오직 기다리는 것 외에는 할 수 있는 것이 없었다.

오히려 답답함이 더해진 기분이었다.

끼룩끼룩.

점점 갈매기 소리가 멀어지고 있었다.

이제 육지에서 완벽히 멀어졌다는 뜻이었다.

"웨자일 왕국에 도착한 후의 계획은?"

"튼튼한 배와 믿을 만한 선장, 무엇보다 경험 많은 탐험가가 필요하다."

해상 왕국 웨자일.

그들이 보유하고 있는 선박 건조 기술과 고급 인력들이야말로 무한해(無限海)를 탐험하는 데 가장 필요한 요소라는 것이 루인의 판단이었다.

"그런 거라면 굳이 웨자일 왕국에서 찾을 필요가 있을까?"

"겔로타 선장 말이냐?"

"설득할 수만 있다면 누구보다 믿을 만한 사람 같은데."

시론의 눈에도 겔로타 선장은 평범한 사람이 아니었다.

루인은 친구의 아들을 죽인 흉수.

그런 흉수의 협박을 받고도 배를 지키는 선택을 할 수 있다는 건 아무에게나 가능한 일이 아니었다.

"우리의 목숨을 맡길 자다. 내게 원한이 있는 자에겐 힘든 일이지."

"음……."

"그리고 가장 결정적인 건 그가 모험을 즐기는 타입의 선장이 아니란 거다. 조금 알아보니 그는 평생을 정기 항행만 고집해 왔더군. 변수와 위험에 부담을 느끼는 유형의 선장은 결코 무한해와 위험한 바다를 탐험하려 들지 않을 거다."

"하긴."

그때 다프네와 루이즈, 리리아가 차례로 갑판 위로 올라오고 있었다.

대양의 정취에 흠뻑 빠져 있던 그녀들은 루인과 시론을 발견하고는 이내 빠른 걸음으로 다가왔다.

여전히 무뚝뚝한 표정의 리리아와는 달리 다프네는 다소 격앙된 얼굴로 루인을 실망스럽게 노려봤다.

"노예들을 왜 풀어 주지 않는 거죠?"

노예 상인 하벨의 죽음으로 노예들을 옭아매고 있던 노예 증서의 법적 효력이 사라진 마당.

한데 루인은 그들에게 자유의 몸을 허락하지 않았다.

노예들은 여전히 형틀 같은 목재에 묶인 채로 운송물 취급을 당하고 있었다.

"어쨌든 르마델의 백성이잖아요! 백성들이 타국에 팔려 가는데 르마델의 귀족으로서 그대로 보고만 있겠단 말이에요?"

"난 그들의 법적 대리인이 아니다."

"대공자인 당신이라면 충분히 그들을 해방시켜 줄 수 있었어요!"

"노예 해방자 역시 내 관심 밖의 일이지."

"루인 님!"

한 번도 제대로 화를 낸 적이 없었던 다프네가 처음으로 격앙된 감정으로 루인을 힐난하고 있었다.

하이베른가의 대공자라는 막강한 권력과 신분이라면 이 배 위의 노예들을 해방시키는 건 손바닥 뒤집듯 쉬운 일.

그럼에도 굳이 노예 거래를 강행하겠다는 루인의 행동을
그녀로서는 결코 받아들일 수 없었다.

"넌 노예들을 얼마나 알지?"

"또 무슨 말을 하려는 거죠?"

루인의 고요한 두 눈이 갑판 위에 포개어져 있는 노예들을
향했다.

"저들 중 어떤 이에게는 이번 항행이 삶의 유일한 희망일
수도 있다."

"그게 무슨……?"

루인이 가장 선두에 매달려 있는 노예를 눈짓으로 가리켰다.

"넌 저 눈이 삶을 포기한 자의 눈빛이라고 생각하나?"

다프네가 말없이 루인의 시선을 좇았다.

한 거친 수염의 어린 노예가 악착같은 눈빛으로 모진 해풍
을 견디고 있었다.

"물론 이번 항행이 어떤 노예에겐 억울한 형벌일 수도 있
겠지."

"……."

"그러나 누군가에겐 살아 있는 어머니를 찾을 수 있는 유
일한 방법일 수도 있다."

"네……?"

루인이 다시 바다를 향해 시선을 옮겼다.

"미리 알아봤다. 한데 저들 중 절반 이상이 이번 항행을

스스로 자청했다더군. 다른 주인에게 스스로 팔려 가기를 간청한 자들이 절반이 넘는다는 뜻이다."

다프네는 더없이 혼란스러운 얼굴이었다.

"대체 왜……."

"노예는 주인에게 값이 매겨진 순간부터 기존의 삶이 부정당하기 때문이지. 하지만 그들도 사람이다. 사람인 이상 오랜 추억 속의 인연, 가족, 고향으로부터 해방될 수는 없다."

그제야 다프네는 일그러진 얼굴로 악착같이 해풍을 견디고 있는 노예들의 얼굴이 다시 보였다.

그것은 희망의 끈을 놓은 사람의 눈이 아니었다.

삶을 포기한 자들의 눈빛도 아니었다.

입술을 꼭 깨물던 다프네가 다시 루인을 쳐다봤다.

"그럼 저 무지막지한 매듭들만이라도 풀어 주세요! 저래선 많은 사람들이……!"

루인은 그런 그녀를 말없이 담담히 응시하고 있었다.

"이 배엔 저 많은 노예들을 모두 배불리 먹일 수 있을 만큼 식량이 넉넉하진 않아. 또한 모두에게 공평한 잠자리를 제공할 수도 없지. 결국 계급이 나뉘어져 보다 많은 공간, 많은 식량을 차지하는 자들이 생겨나겠지. 난 그런 일에 개입하고 싶은 마음은 없다."

늙어 힘없는 자에겐 묶여 있는 것이 차라리 편할 수도 있다는 생각을 다프네로서는 단 한 번도 해 보지 못했다.

그렇게 다프네가 침묵하고 있을 때.

〈제가 저들을 돕겠어요.〉

루인이 묘한 표정으로 루이즈를 바라본다.
"네가……?"

〈공간으로 서로 싸우지 않도록 철저하게 구역을 나누겠
어요. 제 마법으로 저들의 몸을 데워 주겠어요. 배고픔에 지
친 자들을 위로하기 위해 마력 폭죽을 만들겠어요.〉

"……."

〈전 마법사니까. 마법사로서 할 수 있는 일을 하겠어요.〉

그녀의 당찬 대답에 루인은 아무런 말도 할 수 없었다.
루인은 하늘 높이 고개를 들어 올려 눈물을 감추었다.
어쩌면 자신이 잊어버린 것들, 애써 외면해 왔던 것들을 이
들을 통해 다시 배우고 있을지도 모른다는 생각이 들었다.
루인이 기울어 가고 있는 해를 바라보며 말했다.
"그래. 우린 마법사지."
그렇게 생도들이 노예들에게 다가가기 시작했다.

Chapter. 62

　루인 일행이 통나무에 묶여 있는 노예들을 풀어 줬을 때 의외로 노예들은 기뻐하지 않았다.

　오히려 눈빛들이 좋지 않았다.

　워낙 세상의 풍파에 찌든 노예들이었기에 다가올 변화를 더욱 두려워하는 눈치.

　때문에 다프네와 루이즈는 최대한 친절하게 그들의 걱정을 덜어 주려 노력했고, 그렇게 사흘 정도의 시간이 흐르자 노예들의 표정은 제법 사람답게 변해 있었다.

　루인은 그런 과정을 묵묵히 지켜만 보고 있었다.

　전생의 대마도사가 했던 일은 그저 작전을 계획하고 적을 대비했으며 검성을 후방에서 지원하는 일이었다.

저 일은 성녀의 역할이었고 시르하가 잘하던 것.

아직 어린 동료들이지만 그렇게 루인은 생도들을 통해 과거의 추억을 되새기고 있었다.

사실 마법사인 자신이 누군가의 마음을 보듬거나 치유할 수 있다는 생각을 단 한 번도 해 본 적이 없었다.

그래서 마법사로서의 루이즈의 다짐은 루인에게 많은 울림을 주었다.

군단을 공략하며 적의 진영을 부수는 것만이 자신의 역할이라 생각해 온 루인에게는 더없는 충격이었던 것.

잔혹하고 냉정한 흑마법사로 살아온 그에게 자애로운 백마법사의 마음가짐이란 그만큼 이질적이었다.

다프네는 노예들의 공간을 오가며 마법으로 물을 끓이고 차가운 자리를 데우고 있었다.

루이즈는 아이들을 폭죽 마법으로 즐겁게 해 주었고, 시론과 세베론은 병들어 신음하는 노예들을 위해 슬립 마법을 걸어 주고 있었다.

차가운 표정은 여전했지만 리리아 역시 갑판의 상공에 투명한 실드를 유지하며 거친 해풍과 파랑을 묵묵히 막아 내고 있었다.

다들 마력의 소모가 상당할 텐데도 어떤 불평불만도 없이 노예들을 돕고 있는 것이다.

하지만 언제나 그렇듯 세상의 일이란 선의가 꼭 선의로 보답받는 건 아니었다.

결국 자신들의 주인, 하벨이 사라진 불안은 불투명한 미래에 대한 노예들의 걱정을 더욱 가중시켰고, 한 사건이 갑판을 뒤흔들어 놓기에 이르렀다.

"집어치워!"

챙그랑!

거칠게 내팽개친 수프 그릇.

아직도 김이 모락모락 나는 스프 국물이 갑판 위로 모조리 쏟아진다.

당황한 얼굴의 다프네가 급하게 주저앉으며 손으로 스프를 쓸어 담았다.

앞으로 3주는 넘게 제한된 식량으로만 버텨야 하는 상황.

선장으로부터 노예들에게 할당된 식량의 재고를 똑똑히 전해 들은 다프네로서는 스프 한 그릇조차도 낭비할 수 없었다.

"당신! 이게 무슨 짓이에요! 이 아까운 걸!"

"귀하신 마법사들이 뭐가 부족해서 우릴 돕는 거요? 잘해주는 척은 이제 그만 집어치우시오!"

"흥! 뻔하지! 이 음흉한 마법사들이 하벨 님을 죽인 것이 분명해! 우릴 다른 곳에 팔려는 것이다!"

몇몇 노예들이 선동을 시작하자 갑판 위는 금방 아수라장으로 변했다.

"하벨 님을 불러 주시오!"

"제리는 왜 보이지 않는 거요!"

와아아아아아!

다프네가 발광 마법으로 쳐 놓은 구역 설정이 힘없이 붕괴된다.

고함을 지르며 구역 밖으로 쏟아져 나온 노예들이 갑판을 누비며 양동이나 밀대 따위를 걷어차고 있었다.

그때.

"크아아아악!"

꽈직!

노예 하나가 무슨 탄알처럼 쏘아져 갑판 구석에 처박혀 버렸다.

검붉게 변한 피부.

혈주투계를 운용하며 갑판에 나타난 루인이 노예 하나를 피떡으로 만들어 버린 것이다.

의식을 잃은 채 꿈틀거리고 있는 노예를 망연자실하게 바라보고 있는 다프네.

"루인 님! 이게 무슨 짓……!"

여느 때보다 차가운 얼굴의 루인이 노예들을 쓸어보았다.

"노예 상인 하벨은 내가 죽였다."

웅성웅성.

상상이 현실이 되자 노예들의 얼굴이 금방 창백하게 변했다.

자신들의 주인이 죽었다는 건 약속된 거래가 무용지물이 되었다는 말과 같은 뜻.

"이, 이럴 줄 알았다!"

"우, 우린 이제 어떻게 되는 거요?"

하벨은 꽤 명망 높은 노예 상인.

그런 그가 죽었다는 건 간단한 문제가 아니었다.

노예 상인이 항행에서 죽으면 가장 먼저 노예들의 소요 사태를 의심받는다.

일이 잘못되는 날엔 어쩌면 자신들이 그 죄를 모두 뒤집어쓸 수도 있는 위험천만한 상황인 것이다.

몇몇 눈치 빠른 노예들이 악독한 눈빛으로 루인을 에워쌌다.

하벨을 죽였다고 저 스스로 증언한 마당.

무슨 수를 써서라도 눈앞의 소년을 확보해야 자신들의 신변을 보장받을 수 있다는 것을 깨달은 것이다.

"무모한 짓을 저지르지 마라. 힘없고 나약한 인간이라는 것이 저 아이들에겐 방패였겠지만 난 그렇게 생각하는 사람이 아니거든."

살면서 한 번도 접해 보지 못한 무시무시한 눈빛.

그것은 위엄으로 가득했던 자신들의 주인 하벨에게서도 느껴 보지 못한 압도적인 인간의 분위기였다.

본능적으로 주춤 물러나고 있는 노예들.

그때, 어디선가 쾌활한 목소리가 들려왔다.

"뭐, 그 정도 고위 무투술을 익히고 있으면서 아직 입씨름이나 하고 있는 걸 보면 네놈도 나약하기는 마찬가지로 보이는걸?"

모두의 시선이 쏠린 자리.

그는 다리를 꼰 채로 갑판 한켠의 그늘에서 여유롭게 누워 있는 청년이었다.

분명 걸치고 있는 건 노예를 상징하는 낡은 반바지밖에 없었는데, 드러난 근육이 제법 선명한 것이 범상치 않게 느껴졌다.

루인이 그를 보자마자 묘한 표정으로 굳어졌다.

비록 잔잔하고 고요했지만 반라의 청년이 풍기고 있는 기운은 명백한 기사의 투기(鬪氣).

루인조차도 자세히 살피지 않으면 몰랐을 정도로 극한까지 정제된 투기였다.

가문에도 저만큼 정련된 투기를 보유한 기사는 드물었다.

아버지나 오대 봉신가의 가주들, 삼촌 유카인과 가주 직속의 집행자들 정도가 다였다.

"노예와 어울리지 않는 놈이 숨어 있었군."

"투기 하나 없는 나약한 몸으로 무투술을 구사하는 놈보다 신기하진 않겠지. 그런 건 대체 어떻게 하는 거냐?"

슬며시 일어난 반라의 청년이 익살스런 표정으로 루인을

향해 저벅저벅 걸어온다.

청년은 키는 꽤 컸다.

지근거리에 다다른 청년이 루인을 내려다보며 고개를 모로 비틀었다.

"놀랍다. 정말 투기가 아니군. 이건 마치 마법사의 마력 같은데? 설마 넌 마법사냐?"

대답 없는 차가운 표정.

바늘 하나 꽂을 틈도 없어 보이는 냉랭한 루인의 분위기에 청년은 질린다는 표정을 했다.

"정신력도 보통이 아니군. 내 투기 개방에 아무렇지 않을 수가 있다니."

투기 개방.

고위 기사에 근접한 자만이 활용할 수 있는 최고 수준의 투기 활용법.

루인은 자신을 향해 짓쳐 오는 투기의 결을 세세하게 관찰하고 있었다.

하지만 자신이 아는 어떤 검술 명가나 기사단에 속하지 않는 투기의 기질이었다.

"르마델의 기사가 아니군."

"뭐?"

꽤나 당혹한 얼굴.

설마 투기의 결만을 살펴보고 내린 결론이란 말인가?

반라의 청년이 더욱 황당하게 루인을 쳐다보았다.

"뭐지? 이 신선한 건방짐은? 설마 네 녀석이 르마델에 속한 유수의 검술을 모두 꿰뚫고 있단 말이냐?"

하지만 그의 황당함은 그것으로 끝이 아니었다.

"웨자일의 기사라면 특유의 호방한 해천류(海天流)의 투기가 느껴져야 하는데 그것도 아니군."

"뭐?"

"기사의 자아를 지닌 자가 노예를 자처하면서까지 묶여 있다는 건 신분이 드러나면 곤란하다는 뜻. 거기에 굳이 웨자일을 기항지로 삼는다는 건 제3국을 이용하여 자신의 동선을 더욱 철저하게 숨기는 행위. 이 정도로 비밀스럽게 움직이는 이유란 뻔하지. 넌 첩자다."

청년의 전신을 휘감고 있던 투기의 오오라가 점점 더 광포하게 날뛰고 있었다.

"정말 보통내기가 아니네?"

당장이라도 찢어발길 듯한 눈빛을 하고 있으면서도 그는 감히 함부로 손을 뻗지 못하고 있었다.

그런 그의 태도에 루인은 더욱 확신하는 눈치였다.

"확신이 서지 않는다면 결코 먼저 움직이지 않는 철저한 심계까지. 기사가 호승심보단 실리주의를 택할 수 있다는 건 훈련이 아니라면 설명할 수가 없지. 이 정도 수준까지 고도로 훈련된 첩자라면 역시 알칸 제국이겠군."

"역시 넌 죽어야겠다."

"그럼 왜 망설이는 거지?"

반라의 청년은 이를 악물고 있었다.

루인의 말대로 확신이 서지 않았다.

지금까지 모든 상황을 숨죽이며 지켜보아 왔다.

투기를 활용하지 않는 신비한 무투술도 무투술이었지만 녀석의 동료로 보이는 어린 마법사들의 수준도 장난이 아니었다.

전원 최소 5위계 이상의 마법사들!

한둘이라면 몰라도 그런 수준의 마법사가 무려 다섯이었다.

눈앞의 건방진 놈을 상대할 때 5위계 마법사들의 술식이 한꺼번에 쏟아진다면 가망이 없었다.

"머리 굴리는 소리가 여기까지 들리는군. 그래. 네 시뮬레이션의 결과값은?"

씨익 웃고 있는 루인.

마치 녀석의 손바닥 위에서 놀아나는 느낌마저 든다.

이를 악물고 있던 반라의 청년이 이내 헤실실 웃으며 자연스럽게 투기를 풀었다.

"아, 역시 안 되겠다. 쪽수에서 너무 밀려."

놈이 웃고 있었지만 루인은 결코 경계를 풀지 않았다.

첩자들은 어떤 상황에서도 자신의 생존을 우선시하는 훈련을 반복한다. 확보한 정보를 본국으로 전해야 하기 때문이다.

그러므로 저놈의 웃는 얼굴은 철저한 생존의 일환.

루인의 묘한 눈빛이 다시 반라의 청년에게 향했다.

"하지만 이상하군. 첩자라면 어떤 상황이 벌어지더라도 끝까지 나서지 말았어야 해. 왜지? 왜 갑자기 자신을 드러낸 거지?"

"상황이 너무 좆같아졌으니까."

반라의 청년은 여전히 사람 좋게 헤실실 웃으며 걸쭉한 욕설을 뱉어 내고 있었다.

"날 도와주기로 한 거래의 당사자가 뜬금없이 죽어 버렸다는데 냉정이고 나발이고 눈이 안 돌아가게 생겼냐고! 게다가 반란으로 배가 뒤집어지게 생겼는데? 싯팔 안 그래? 너라면 그 상황에서 스프가 목구멍으로 넘어가겠니?"

"하벨과 무슨 거래를 했지?"

"응? 그걸 지금 나보고 말하라고? 당황스럽네. 이제 보니 무식한 놈이었어. 아니면 무식한 척하는 거거나."

루인은 잠시 생각에 잠겨 있었다.

르마델의 대귀족을 자처하는 이상, 적국의 첩자를 신문하지 않을 수는 없었다.

그러나 놈은 제국의 고위 첩자.

저 허술한 웃음 뒤에 악마적인 냉정함을 숨기고 있는 자다.

제압당하거나 자신의 정신에 이상이 생길 경우 놈은 망설임 없이 입안의 독을 깨물 것이다.

과거 혹독하게 첩자를 훈련시켜 악제의 군단에 침투시켜 온 것은 다름 아닌 자신이었다.

첩자들이 감당하는 피나는 훈련 강도를, 그들이 얼마나 냉정한 자아를 유지하고 있는지를 루인은 누구보다 잘 알고 있었다.

"······."

어쩌면 지금의 상황조차도 놈의 계획의 일부일지도 모른다.

적의 역량과 의도를 파악할 수만 있다면 과감하게 나서서 상황을 주도하는 것 역시 첩자의 훈련에 포함되어 있었다.

위험 부담은 크지만 효과는 확실한 방법이었다.

"다프네. 상황이 진정된 것 같으니 일단 노예들을 정리해."

"아? 알겠어요!"

루인이 리리아를 쳐다보았다.

"리리아. 너라면 쓰다듬는 것만이 능사가 아니란 걸 잘 알 텐데."

가볍게 고개를 끄덕이는 리리아.

"또 이런 조짐이 보인다면 망설이지 않고 노예들을 제압하지."

생도들이 흩어지며 구역을 정리하기 시작하자 루인이 다시 반라의 청년을 쳐다봤다.

"하나 약속하지."

"뭘?"

반라의 청년이 의심스러운 눈빛으로 루인의 위아래를 살피고 있을 때.

"당신이 예상하고 있다시피 난 르마델의 귀족이다. 하지만 르마델의 왕법으로 그대를 억류할 생각은 없다. 여긴 대양의 한복판, 치외 법권이니까."

"……그래서?"

씨익 웃는 루인.

"나와 거래 하나 하지."

◆ ◈ ◆

"무한해(無限海)?"

루인의 입에서 흘러나온 말이 너무 의외였는지 반라의 청년은 표정 관리를 제대로 하지 못했다.

"그래. 무한해의 어느 특정 구역을 탐험하는 것 외에는 다른 관심은 없다."

"그 일을 도와주는 것이, 고작 날 못 본 척해 주는 대가라고?"

청년이 판단하기에, 이 눈앞의 젊은 마법사야말로 이 무역선을 지배하고 있는 사실상의 주인이었다.

게다가 마법사 여섯으로 구성된 전력 역시 자신을 압도하고 있는 마당, 충분히 자신의 신변을 확보할 수 있는 상황인 것이다.

한데도 르마델의 귀족이라 밝힌 자가 그 모든 유리함을 내팽개치고 고작 이 정도 조건으로 자신을 못 본 척해 준다니?

청년의 입장에서는 그런 루인이 충분히 의심스러울 만했다.

"무한해의 중심 해역에 무사히 도착할 수 있을 정도의 뛰어난 항해 실력, 있었던 일들을 함부로 떠벌리지 않는 진중한 성격. 딱 그 정도면 돼. 당신 정도 되는 경험 많은 첩자라면 웨자일의 유력자들과도 분명 끈이 있을 텐데."

묘한 표정으로 고심하던 청년은 루인과 그의 동료들을 찬찬히 훑어보기 시작했다.

"혹시 무한해라면 테아마라스의 유적을 탐험하려는 거냐?"

그 말에 루인을 비롯한 생도들의 표정이 일변했다.

테아마라스의 유적이 무한해에 있다는 사실은 왕국 내에서도 극소수만 알고 있는 기밀.

한데 이 첩자라는 놈은 무한해에 방문하겠다는 말만 듣고도 곧바로 테아마라스의 유적을 언급하고 있었다.

루인의 눈빛이 금방 흥미로워졌다.

"알칸 제국의 정보부 내에서도 꽤 서열이 높나 보군."

청년이 피식 웃었다.

"그놈의 알칸 알칸. 근거도 부실하면서 뭘 그리 확신하는 거냐?"

"아니란 뜻인가?"

"워낙 디테일하게 유추하길래 잠시 맞장구쳐 줬을 뿐, 알칸 제국의 첩자 따윈 아니니까 그쯤 해 둬."

루인은 진심으로 눈앞의 청년에게 탄복했다.

그 허술해 보였던 행동들이 자신의 심계를 읽고 난 후의 계산된 대처였다니…….

자신의 심계 밖에서 놀 수 있는 인물은 참으로 오랜만이라 오히려 호감이 생길 정도였다.

"도와줄 순 있다."

루인이 웃고 있는 청년을 새삼스레 바라봤다.

"확실한가?"

"단 내게도 조건이 있지."

"말해라."

잠시 후, 청년의 입에서 놀라운 말이 흘러 나왔다.

"그 항해에 나도 동행한다."

곧바로 표정이 굳어지는 루인.

"그 조건은 거절할 수밖에 없군."

"그래? 그럼 어쩔 수 없지."

반라의 청년은 정말 한 치의 관심도 없다는 듯 아무렇게나 갑판에 앉아 한눈을 팔고 있었다.

루인이 난감한 표정으로 굳어졌다.

지금까지 어떤 협상에서도 우위를 놓쳐 본 적이 없었는데 이놈만큼은 정말 종잡을 수 없는 놈이었다.

"굳이 왜 그런 요구를 하는 거지? 무한해 근처 해역의 위험성은 충분히 알고 있을 텐데?"

"개인적인 호기심이라고 해 두지. 더 이상은 할 말이 없으니 억류를 하든 굶겨 죽이든 니들이 알아서 하라고."

"……."

어째 말을 섞으면 섞을수록 점점 늙는 느낌이 든다.

루인이 하는 수 없이 갑판에 앉아 그를 마주 바라보았다.

"계획부터 듣고 싶다."

청년이 피식 웃었다.

"뭐 간단하지. 돈만 생긴다면 무한해를 탐험하고 싶어 안달 난 미친 선장들을 몇 명 안다. 안개성의 서자들이 대표적인 예지. 몇몇은 작년에도 새로운 섬들을 발견하고 대단한 명성을 얻었다더군."

"안개성?"

"파올라 후작의 성이지."

파올라 후작의 명성은 루인도 들어 본 적이 있었다.

선박왕 파올라.

웨자일 왕국에서 생산되는 선박의 칠 할이 그의 손에서 탄생된다는, 그야말로 웨자일의 전설적인 인물이었다.

"바람둥이 파올라 후작의 서자들 중에는 굉장한 선장들이 많아. 어차피 중앙 정계에 진출하지 못할 운명의 서자들이라 죄다 바다의 명성에만 목숨을 걸고 있지. 모험왕의 이명을 얻는다면 가끔은 왕께서 작위를 내려 주기도 하니까."

"네가 안다는 그 선장은?"

씨익.

"그 서자들 중에서도 최고의 또라이를 알고 있지."

"그와 접선하려면 어떻게 해야 하지?"

"응. 그렇게 나올 줄 알았지. 그게 바로 그의 이름을 아직 당신에게 알려 주지 않은 이유다."

"……."

절로 주먹에 힘이 들어갔지만 루인은 가까스로 참고 있었다.

"우리와 함께 테아마라스의 유적에 가려는 이유를 끝까지 이야기하지 않는다면 이번 거래는 성립될 수가 없다."

"아아, 좋을 대로 하라고."

툭-

결국 루인의 내부에서 무언가가 툭 하고 끊어졌고.

막대한 융합 마력이 금방 루인의 전신을 휘감았다.

"이 자리에서 당장 널 즉결 처분할 수도 있다."

화르르르르-

신비한 무색의 불꽃, 하지만 가공할 열기를 자랑하는 화염구를 바라보며 청년은 기겁했다.

"웃뜨뜨!"

화들짝 뒤로 물러난 청년이 히죽 웃고 있었다.

"웨자일 사람들은 육지인들에게 극도로 배타적이지. 한시가 바빠 보이는데 뭐 섬에서 몇 달 정도 친목질이라도 할 거야? 너로서도 별다른 뾰족한 수가 없을 텐데?"

그러나 루인은 눈 하나 꿈쩍하지 않고 화염구를 쏘아 보내고 있었다.

화르르르르-

그제야 긴장하기 시작한 반라의 청년.

그만큼 루인의 눈빛에는 어떤 감정도 섞여 있지 않았다.

냉철한 강자를 수도 없이 경험한 청년은 루인 같은 부류의 인간을 잘 알고 있었다.

"아, 알겠다!"

그제야 루인은 수인을 거두며 두 눈을 반개했다.

하지만 언제라도 다시 마법을 전개할 수 있도록, 무색의 화염구가 그의 주위를 배회하고 있었다.

"나도 그 유적에 함께 입장하고 싶다."

"뭐?"

정말 뜻밖의 대답이었다.

루인으로선 전혀 생각해 보지도 못한 요구였기에 협상보단 우선 그 이유가 궁금했다.

"친구가 그곳에서 행방불명되었다."

"……."

루인은 이글거리는 청년의 눈빛을 말없이 바라보고 있었다.

그런 루인의 시선과 얽히는 게 부담스러웠는지 청년은 이내 시선을 피했다.

"벌써 5년도 넘었군. 구체적인 게 궁금하겠지만 그 이상은 말해 줄 수 없다. 난 기회가 되면 늘 무한해에 가려고 했었다. 하지만 유적의 입구를 아는 자는 모조리 특정 왕국에 속해 있어 접근이 힘들더군. 너희처럼 개인적으로 유적을 탐험하려는 모험가들을 만나는 건 나로서도 처음이다."

단도직입적으로 묻는 루인.

"네 친구란 자의 출신 국가와 이름은?"

"웨자일. 아케인 발러."

"발러?"

발러(Balor)는 웨자일 왕가의 성.

모든 걸 숨길 수 없었던 청년은 결국 기다랗게 한숨을 내쉬었다.

"후…… 내 친구는 웨자일 왕국의 왕자다."

적어도 지금의 말은 거짓이 아닌 듯했다.

루인으로선 더욱 이 청년의 진정한 정체가 궁금해질 수밖에 없었다.

"넌? 첩자가 아니면 뭐지?"

웨자일 왕가인 발러가(家)와 친분이 있는 이름 모를 고위 기사.

그것도 꽤 젊은 나이에 왕자와 사사로이 친분을 맺고 있는 자라면 분명 그 신분이 범상치 않을 것이었다.

"……꼭 말해야 하나?"

"말해야 한다."

웨자일의 왕자와 친분을 맺고 있는 것도 그렇고, 굳이 노예 무역선에 묶여서 웨자일 왕국에 침입하려는 것도 그렇고 수상한 점이 한두 개가 아니었다.

"난 사사롭게 테아마라스의 유적을 탐험하려는 것이 아니다. 내게도 절박한 이유가 있지."

"……."

"당연히 믿을 수 있는 자가 아니라면 함께하고 싶은 마음이 없다. 난 변수를 즐기는 사람이 아니야."

기사로서의 실력이야 뛰어난 것 같았지만 이놈은 숨기고 있는 것이 너무 많았다.

언제 무슨 짓을 할지도 모르는 활화산 같은 놈을 데리고 가 변세계를 탐험할 수는 없는 것이다.

"란시스."

"……란시스?"

"제발 이 정도까지만 하자. 내게도 사정이란 것이 있다고."

란시스.

루인은 그 이름을 듣자마자 굳어 버렸다.

최후의 때가 무르익었을 때.

웨자일의 국왕은 대규모 강습 선단을 손수 이끌고 군단의 후방 지역을 급습했다.

그것은 거의 웨자일의 국력을 모두 동원하다시피 한 공격이었다.

인간 진영의 모든 사람들이 패배 의식에 사로잡혀 있을 때, 그렇게 웨자일의 국왕은 군단의 10만 병력을 상대로 파죽지세로 후방을 유린했다.

해상 선단이 가지는 장점을 극한으로 발휘하며 신출귀몰한 작전으로 전설을 써 내려간 인류의 영웅.

비록 전쟁 초기에 전사하여 빛이 바랬지만, 바다를 지배하며 군단을 압도했던 해상 영웅은 살아남은 인류에게 용기가 무엇인지를 상기시켜 주었다.

그 후 웨자일 왕국은 군단의 무자비한 강습 세례에 멸망했다.

군단과의 전쟁 초기에 있었던 사건이었다.

"정말 당신이 란시스인가?"

"뭐, 뭐야?"

루인의 뜨겁고도 기묘한 눈빛.

지금 이 순간, 역사 속의 위인을 마주하고 있다는 것이 그는 믿기지 않았다.

폭풍의 제왕.

해천(海天)의 란시스 발러.

모두가 패배 의식에 사로잡혀 군단을 피해 도망가고 있을 때, 가장 먼저 용감하게 군단을 급습했던 웨자일의 영웅이었다.

그러고 보니 당시의 목격자들이 말했던 외모와도 비슷했다.

굵은 눈썹.

바닷물처럼 맑은 눈빛.

무엇보다 저 특이한 푸른 머리칼.

"……친구가 아니라 형제를 구하기 위함이었군."

순간, 란시스가 기겁하며 일어나 루인의 입을 틀어막았다.

"조, 조용해! 도, 도대체 어떻게 알았지?"

란시스 발러라는 이름은 왕가 내부에서도 아는 왕족이 많지 않았다.

당대의 국왕 알무스 왕은 역사에 남을 만한 정력적인 군주.

평생 정실 왕비 하나만을 아내로 삼는 대륙의 왕국들과는 달리, 다산(多産)의 문화가 살아 숨 쉬는 웨자일 왕국은 후궁 문화가 아직 남아 있었다.

수십 명의 후궁에 의해 태어난 왕자들은 알려진 것만으로도

백여 명에 가까웠다.

란시스는 그런 수많은 왕자 중 하나일 뿐인 것이다.

"……."

하지만 루인은 눈앞의 이 란시스가 웨자일 역사상 가장 위대한 국왕이 되는 미래를 알고 있었다.

마음 같아선 정중하게 예를 표하고 싶었다.

획.

더 이상 이 자리에 있었다간 격동한 감정을 들킬까 봐 루인은 갑판 아래로 발길을 옮겼다.

루인의 기이한 반응에 란시스는 오히려 더 조급해지고 말았다.

"뭐야! 이대로 가는 거야? 우리 협상은? 아직 내 말이 다 안 끝났다고!"

부리나케 달려가서 루인의 어깨를 잡은 란시스.

루인이 뒤를 돌아보지도 않은 채 입을 열었다.

"함께 가지."

"응?"

씨익.

"무한해(無限海)."

바다의 모든 폭풍을 지배한 폭풍의 제왕.

그 전설적인 해천의 란시스 발러다.

바다 위에서만큼은 누구보다 믿음직한 인물이었다.

"저, 정말이냐? 정말로 유적의 입구를 이 란시스에게 공유해 주는 거냐?"

"물론. 우리 일정이 방해받지 않는다면, 당신이 적당한 선만 지킨다면 유적 내부에서도 함께 움직인다."

루인이 마음을 가다듬고 뒤를 돌아보았다.

란시스는 루인이 내민 손을 멍하게 쳐다보고 있었다.

"루인 사드하 윌켄 드 베른."

루인이 입을 열어 자신을 소개한 건 대마도사의 풀네임.

그렇게 머나먼 시공을 되돌아온 흑암의 공포는, 미래의 폭풍의 제왕에게 자신이 할 수 있는 가장 최대한의 예를 표하고 있었다.

씨익.

"그대와 함께 무한해를 누빌 이의 이름이다."

얼떨결에 손을 맞잡은 란시스가 남은 손으로 머리를 긁적였다.

"란시스. 란시스 발러다."

란시스와의 일이 정리된 후, 의외로 항해는 순조롭게 진행됐다.

기상이 악화되어 몇 차례의 고비가 있긴 했지만, 젤로타 선장과 선원들은 궂은 해상의 날씨에도 무역선을 훌륭하게 통제해 냈다.

가장 의외는 노예들이었다.

루인이 하벨이 남긴 장부에 적힌 대로 정상적인 노예 거래를 약속하자 그들은 군말 없이 협조했다.

제한된 식량과 물, 좁은 구역 설정에 힘들었지만 그래도 통나무에 묶여 있는 것보단 훨씬 좋은 환경인 것이다.

그렇게 별다른 소요 사태 없이 이 주일간의 항행이 이어졌고.

드디어 루인 일행은 웨자일 랜드에 도착해 하역 작업을 할 수 있었다.

루인은 무거운 족쇄나 수갑으로 노예들을 구속하지 않았다.

그들을 기다랗게 묶고 있는 건 얇은 밧줄.

보는 눈이 있으니 아예 아무런 방비 없이 노예들을 풀 순 없었고, 밧줄 정도면 이목을 끌지 않고도 충분히 그들을 편하게 해 줄 수 있었다.

그렇게 루인 일행은 노예들을 이끌고 노예 시장에 도착했다.

르마델 왕국과 웨자일 왕국 사이의 노예 무역은 상당한 규모까지 성장해서, 노예 시장은 항구를 벗어나지 않는 가장 가까운 곳에 자리 잡고 있었다.

루인이 노예 시장에 진입했을 때, 겔로타 선장의 차가운 목소리가 들려왔다.

"노예 상인들은 폐쇄적이오. 당신이 하벨의 대리자라는 것을 아무도 믿지 않을 텐데 무슨 뾰족한 수가 있소?"

루인을 어린아이처럼 취급했던 예전과는 달리, 지금의 겔로타 선장은 의외로 루인을 존중하고 있었다.

그간의 항해에서 루인과 생도들이 보여 준 어떤 단면들이 그의 심경에 변화를 일으킨 모양이었다.

"마음은 좀 괜찮아졌나?"

루인에게서 전혀 다른 결의 대답이 흘러나왔지만 겔로타 선장은 여전히 별다른 감정의 변화 없이 무뚝뚝했다.

"녀석에게 언젠가 불행이 닥칠 걸 알고 있었소."

그 역시 하벨의 악취미가 마음에 들지 않았던 모양.

루인도 그동안의 항해를 통해 겔로타 선장의 성품을 제법 파악할 수 있었다.

그의 곧은 성격상 죽은 친구의 아들만 아니었다면 진즉에 하벨과의 관계를 정리하려 들었을 것이다.

"허나 방법이 틀렸소. 짐작컨대 당신은 꽤 지체 높으신 귀족 나리로 보이오. 아무리 죽어 마땅한 목숨이라도 당신이 귀족이라면 법으로 심판했어야 했소."

금방 루인의 표정에서 씁쓸한 미소가 피어났다.

하벨이 미래에 얼마나 엄청난 괴물로 변하는지 저 겔로타 선장은 죽어도 모를 것이다.

만약 그 자리에 그 옛날의 검성이 있었다면, 하벨을 보자마자 아무것도 묻지도 않고 일검에 베어 버렸을 것이다.

영혼 수집가는 그만큼 위험하고 악랄한 군단장이었다.

"뭐 당신이 그리 걱정할 것까진 없겠는데?"

란시스는 여전히 반바지만 걸친 채로 익살스럽게 웃고 있었다.

그의 원래 계획대로라면 노예들과 함께 밧줄에 묶여 있어야 했지만, 그의 계획이 완전히 수정된 것이다.

무한해(無限海).

그 공포의 바다를 함께 헤쳐 나갈, 이제는 어엿한 루인의 새로운 동료였다.

다프네가 코를 막으며 코맹맹이 소리로 말했다.

"이제 옷 좀 입으면 안 되나요? 많이 부담스러워요. 냄새도 많이 나고."

"당신같이 곱게 자란 소녀에게 뱃사나이의 강렬한 체취를 맡아 볼 기회가 또 있을 것 같나? 경험이야 경험. 끝내주는 경험."

"두 번 경험했다간 코가 썩어 버리겠군."

무심한 표정의 리리아를 쏘아보는 란시스.

"닥쳐라 얼음 소녀! 사람 냄새라곤 하나도 느껴지지 않는 얼음 인형보단 냄새나는 뱃사나이가 훨씬 인간답지!"

"몸에서 나는 악취로 인간성의 우열이 정해지는 거라면 난 그냥 인간이기를 거부하겠다."

부들부들.

란시스가 이내 빼액 소리를 지른다.

"너, 너희들도 한 달간 씻지 않은 건 마찬가지다! 니들한테는 뭐 향기라도 날 줄 알아?"

그동안 루인 일행은 자신들에게 할당된 물자들을 일부 포기하면서까지 이백여 명의 노예들을 돌보는 데 힘써 왔다.

당연히 이번 항해에서 물은 극히 제한된 자원이었다.

시론이 미개한 동물을 바라보듯이 란시스를 쳐다보고 있었다.

우우우우웅-

시론이 비웃으며 수인을 뻗자 눈부신 빛무리가 일어나 그의 몸을 감쌌다.

상급 정화(Purification) 마법이었다.

"우린 마법사야. 당신과는 질적으로 다르다고."

"뭐, 뭐야? 그건 또?"

끼어드는 다프네.

"세상의 모든 불순하고 더러운 것들로부터 마법사를 지켜 주는 소중한 권능이죠."

"……."

더 이상 생도들과 실랑이를 벌여 봤자 좋을 것이 없다는 판단인지 란시스는 이내 화살을 루인에게로 돌렸다.

"선장에게 이번 거래를 실패한다는 것은 분기의 운항이 망했다는 말과 같아! 난 걱정 안 하지만 선장은 다를 테니 그를 안심시켜 줘!"

루인이 가타부타 아무런 말도 없이 무심하게 수인을 뻗었다.

츠츠츠츠-

시야 왜곡 술식이 허공에 얽히자 루인 일행 주위의 공간이 천천히 물결치고 있었다.

그리고 그때.

스스스스-

루인의 얼굴에 기묘한 왜곡 파장이 얽히더니 이내 전혀 다른 이의 얼굴로 바뀌기 시작했다.

겔로타 선장과 란시스의 표정이 점점 경악으로 물들었고.

"하, 하벨……?"

누구보다 오랜 세월 하벨을 지켜본 겔로타 선장조차 입을 다물 수 없었다.

그것은 누가 뭐래도 일말의 어색함을 느낄 수 없을 정도로 완벽한 하벨의 얼굴이었다.

"말을 많이 하면 들킬 확률이 높으니 독한 감기에 말을 못 하는 것으로 하지. 나머지 일은 당신과 제리가 다 알아서 해 줬으면 하는데."

겔로타 선장이 멍하니 서 있다가 다급하게 고개를 끄덕였다.

"추, 충분하오. 하벨의 장부가 있으니 내가 어떻게든 마무리 지어 보리다."

고참 노예 제리도 멍한 얼굴로 읊조렸다.

"해, 해 보겠습니다……."

"그럼. 끝났군."

츠츠츠츠츠-

루인의 왜곡 술식이 사라지자 다시 시야가 개였다.

란시스는 그런 루인을 무슨 괴물을 쳐다보듯 하고 있었다.

"이거 상상외의 괴물이군. 마법으로 그런 게 가능하다니 눈으로 보고도 믿기지가 않아."

루인의 변용 마법은 상당히 특이한 술식.

쟈이로벨의 환영 마법과 헤이로도스의 왜곡 파장, 그리고 흑암의 공포의 장기였던 변이 술식, 이 세 가지 이론이 절묘한 균형을 이루며 재탄생된 왜곡 마법이었다.

그러므로 마도사에 이른 고위 마법사라고 해도 함부로 이 마법을 흉내 낼 수는 없었다.

이 정도라면 연금술의 세계에서 전설처럼 전해 내려오는 '형상 변환'급.

만약 이런 마법이 보급될 수만 있다면 각국의 모든 첩보 조직이 천지가 개벽할 정도로 탈바꿈될 터였다.

물론 자유자재로 신분을 바꿀 수 있는 첩자가 활약한다면 각국의 군대 역시 전술 교리를 모두 새롭게 작성해야 할 것이다.

"내게도 가르쳐 줄 수 있나?"

문제는 루인의 저 능력이 지금의 란시스에게 가장 필요하다는 것이었다.

란시스의 사정을 모두 아는 것은 아니지만, 루인 역시 그의 두 눈에 얽혀 있는 진한 갈망을 읽어 낼 수 있었다.

"이미 기사의 투기를 받아들인 자가 따로 마력을 품을 수는 없다. 차라리 고위 어쌔신들처럼 얼굴 가죽을 쓰고 다니는 게 빨라."

"야! 그건!"

어쌔신들의 변장술이 잔인한 것은 사람의 진짜 얼굴 가죽을 동원한다는 점이었다.

사람을 살해하고 얻은 얼굴 가죽으로 새로운 신분을 얻느니 그냥 로브를 뒤집어쓰고 다니는 것이 옳았다.

"조용. 노예 상인들이다."

걷다 보니 어느덧 노예 시장의 중심에 도착했다.

하벨의 얼굴을 알아본 몇몇 노예 상인들이 반갑게 다가왔지만, 눈치 빠른 제리가 자연스럽게 상황을 유도했다.

"죄송합니다. 주인께서 이번 항해에서 감당하기 어려운 질병을 얻게 되어 당분간 말을 하지 못합니다. 대신 필담으로 주인님의 말을 제가 전달하겠습니다."

노예 상인들이 일제히 당황했다.

"하벨? 괜찮은가?"

"말도 하지 못할 정도의 병이라니? 대체 자네에게 무슨 몹쓸 병이 찾아온 건가?"

"어허, 어쨌든 살아남았으면 된 걸세. 해천(海天)의 신께서 목숨을 거둬 가지 않은 게 어딘가."

그 후, 일은 일사천리로 진행되었다.

저녁이 되어 갈 무렵, 하벨의 장부에 적혀 있는 대로 노예들을 모두 계약한 주인들에게 인계할 수 있었고.

이제 남은 것은 제리가 선원들과 함께 가져온 산더미처럼 쌓여 버린 금화였다.

겔로타 선장은 그중에서 정확히 2할의 몫만 떼어 내어 자신이 가져갔다.

루인이 그런 겔로타를 진득하게 응시했다.

"어차피 하벨은 죽었다. 당신이 모두 가져가라."

루인은 노예를 팔아넘긴 대가 따위를 결코 취할 마음이 없었다.

더욱이 애초에 이번 노예 거래로 얻게 될 금화는 자신의 소유가 아니었다.

"거부하겠소. 나는 항행의 대가만 받으면 되오."

정박 기간 동안의 수리 대금, 선원들의 밀린 급료, 돌아갈 물자를 구입한 후에 그래도 조금의 남는 돈이 있다면 그것으로 충분했다.

젤로타 선장은 그런 사람이었다.

"강요할 생각 마시오. 나는 나만의 기준이 있소. 그대가 일을 벌였으니 나머지는 당신이 알아서 하시오."

칼 같은 잣대를 보여 주며 이내 선원들과 함께 돌아가 버린 젤로타 선장.

하는 수 없이 루인은 쭈뼛거리고 있는 제리를 향해 입을 열었다.

"가져가라."

"예……?"

얼핏 살펴도 10만 리랑은 거뜬히 넘는 금화 더미.

자신의 노예 신분을 해방하고 어지간한 도시의 저택을 사고도 남을 엄청난 거금이었다.

"정말 제게 모두 주시는 겁니까?"

루인이 새로운 주인들과 함께 노예 시장 곳곳의 출구로 흩어지고 있는 노예들을 무심히 응시하고 있었다.

"어떻게 쓸지는 그대가 판단하겠지만 하나만 명심해."

"예? 무엇을……?"

"그 돈은 저들의 인생을 판 금(金)이다."

"……."

"그 무게에 걸맞게 쓸 자신이 있다면 모두 가져가라."

제리는 선 채로 말이 없었다.

꽤 오랫동안 입을 다물며 침묵하고 있던 제리는 결국 힘없이 고개를 떨구었다.

"죄송합니다. 저는 가져갈 수 없습니다."

루인이 웃었다.

오히려 이 돈의 무게를 아는 제리가 마음에 든 것이다.

"당신은 하벨이 저지르는 악업을 모두 지켜봐 왔다. 르마델의 많은 사람이 강제로 노예가 된 사연을 그대는 분명하게 기억하고 있을 것이다."

"……."

"하벨에 의해 희생당한 사람들. 그들의 처참한 사연에 한 번이라도 눈물을 흘렸다면 이 돈을 가져가라."

"전……."

"난 이미 이 돈을 어떻게 써야 하는지 당신에게 알려 주었다."

제리는 두려웠다.

힘이 없는 자는 결코 분에 넘치는 행운을 지켜 낼 수가 없다.

그 삶이 얼마나 불행해질 수 있는지를 제리는 경험으로 알고 있었다.

"꼭 저여야만 합니까?"

"마땅한 사람도 없지."

제리의 두 눈에 강렬한 기운이 서리다 이내 사그라든다.

"떠오르는 계획들은 있습니다. 하지만 전 이 많은 돈을 지켜 낼 힘이 없습니다."

"그래. 그대의 두려움을 이해한다."

루인이 제리의 어깨를 잡았다.

"하지만 그걸 느끼는 것부터가 이미 성장이지. 인간은 처한 환경이 고될수록 성장한다. 지금의 두려움을 잊지 마라. 그런 긴장으로 계속 살아간다면 잘 이겨 낼 수 있을 거야."

"주인님……."

제리의 묘한 반응에 루인의 표정이 다소 일그러졌다.

"더 이상 당신에게 주인 같은 건 없다. 이만 가 보도록."

멍하니 서 있다가 이내 커다란 자루에 금화를 담기 시작한 제리.

곧 꽉 찬 금화 자루를 등에 짊어진 제리는 이미 눈빛부터가 달라져 있었다.

진득한 눈빛으로 사방을 경계하는 제리를 루인이 흡족하게 바라보고 있을 때.

"절 이렇게까지 믿어 준 사람은 당신이 처음입니다."

제리가 금화 자루를 멘 채로 고개를 숙였다.

"제리라는 이름으로 끝까지 살겠습니다. 지켜봐 주십시오."

루인은 멀어지는 제리를 담담히 바라보고 있었다.

그런 루인을 바라보는 란시스의 표정에는 더한 호기심이

그득했다.

"보통 귀족은 아닌 것 같은데?"

Chapter. 63

"시롱 님?"

"응. 데프네. 무슨 일이야?"

자신들의 활동명을 서로 불러 주며 연신 낄낄거리고 있는 생도들.

"유치한."

리리아가 고개를 흔들며 시선을 외면하자 세베론이 장난스럽게 말했다.

"응 리리앙. 그런데 하녀가 높아? 시종이 높아?"

묘하게 웃으며 리리아를 바라보는 시론.

"시종이 더 높지 않을까? 아무래도 주인님과 더 가까울 테니까."

"어험! 그럼 하녀 리리앙은 우리 중 가장 아랫사람이군. 리리앙. 여기 짐 좀 들어 주게."

"꺼져라."

우우우웅-

"히이익! 루안 님! 하녀가 마법을 쓰려고 합니다!"

루인이 나직이 한숨을 쉬며 먼 산을 바라보고 있었다.

그동안의 특훈으로 마법과 체술을 상당한 경지까지 수련한 생도들이지만 어쨌든 영락없는 소년, 소녀들.

처음으로 규율과 체계 밖의 자유로운 세상에 나왔으니 들뜨는 것은 이해했다.

그러나 이번 여정의 목적은 단순한 여행이 아니라 목숨이 위태로울 수도 있는 탐험이었다.

루인은 생도들에게 보다 명확하게 상황을 주지시켰다.

"우린 이 섬나라에 놀러 온 것이 아니다."

"응? 하지만 여긴 아무도 없는데?"

항구를 한참 벗어난 영역.

그러나 루인은 오히려 이런 인적이 드문 가도가 가장 위험하다는 것을 경험으로 알고 있었다.

도시와 멀어진다는 건 왕법과도 멀어진다는 뜻.

그러므로 이런 한적한 가도에서 시선을 모은다는 건 도적과 사기꾼들, 인신매매범의 타깃을 자처하는 꼴이었다.

"귀찮은 일이 일어나는 게 싫다면 평범하게 굴어. 우린 시간이 많이 없다. 리리아. 함부로 마법을 드러내지 마라."

리리아가 의기소침하게 얼굴을 붉히며 대답했다.

"아, 미안."

"시론. 너도 다시 로브를 써."

"음, 알겠다."

그런데 그때 짐수레에서 미약한 신음 소리가 들려왔다.

"으으으……."

"물……."

황급히 뒤를 돌아 이를 확인한 시론이 루인을 향해 두 눈을 동그랗게 떴다.

"루인! 귀족들이 깨어났다!"

나귀들이 끌고 있는 짐수레.

그곳엔 온몸에 붕대를 칭칭 감고 있는 웨자일의 귀족들이 어지러운 볏단 아래 숨겨져 있었다.

지금까지 내내 침묵하고 있던 란시스가 신중히 입을 열었다.

"저자들을 웨자일 왕국의 수사청에 인도하겠다는 계획…… 아무래도 다시 생각해 봐."

루인이 란시스를 노려봤다.

"인간의 고통과 죽음을 희롱하고 유희한 자들이다. 귀족의 명예를 희화화한 인간들이지."

하이베른가의 대공자로서 타국의 귀족들을 함부로 징치할수 없었기에, 루인은 저들이 웨자일의 법에 의해 심판되길 바라고 있었다.

"뭐 보통의 상황이라면 말리지 않겠는데, 지금 우리는 파올라 후작의 도움이 필요한 상황이라고."

"……."

"우리가 파올라 후작의 서자들을 수소문하고 다닌다면 틀림없이 그의 정보망에 포착될 텐데? 만약 저들 중에 그와 깊은 관계를 유지하고 있는 가문의 귀족이 있다면 어쩔 거야? 그때도 감당할 수 있겠어?"

그의 말에 루인은 함부로 판단을 늘어놓을 수가 없었다.

자신의 가치관과 충돌하고 있었지만, 그의 말도 엄연히 맞는 말이었기 때문이다.

"그럼 무슨 좋은 방법이 있나?"

란시스가 아무렇지도 않게 말했다.

"그게 고민할 문제야? 간단해. 그냥 버려."

"뭐?"

"지나가는 길에 아무 데나 버리라고."

얼굴을 잔뜩 일그러뜨리고 있는 루인.

문득 루인은 자신이 기억하고 있는 위대한 해천의 영웅이 마음속에서 파스스 바스라지는 느낌이 들었다.

루이즈의 영언이 들려왔다.

〈살아남은 귀족들이 루인 님에 대해 이러쿵저러쿵 떠들고 다닌다면 오히려 일을 더 키우는 게 아닐까요?〉

"음…… 하긴 그것도 그렇지."

어쩐지 둘 사이의 대화가 묘한 방향으로 흘러간다.

루인이 뭐라 말하기도 전에 먼저 란시스의 목소리가 들려왔다.

"그럼 적당히 으슥한 곳을 찾아서 처리해. 내가 할까? 얼마줄 거지? 원래 은밀하고 더러운 일엔 대가가 따르는 법이거든."

도대체 이런 인간이 어떻게 폭풍의 제왕이라는 위대한 이명을 얻게 될 수 있었을까?

루인으로서는 참으로 미스터리한 일이 아닐 수 없었다.

"뭐 크게 신경 쓸 필요가 있을까요? 유적에서 돌아온 후에웨자일 랜드에서 활동할 것도 아니고. 어차피 우린 이 섬나라의 귀족들에게 찍혀도 하등 상관없는 입장인 것 같은데요?"

세베론의 말도 일리가 있었다.

루인은 무려 하이베른가의 대공자.

어떻게든 루인의 정체를 알아냈다고 해도, 작은 섬나라에 불과한 웨자일의 귀족들이 르마델의 대공가를 상대로 뭘 할 수 있단 말인가?

르마델 왕국과 웨자일 왕국은 르마델과 알칸 제국만큼이나 국력의 차이가 났다.

루인은 저 란시스에게 동요되어 원초적인 생각들만 늘어놓고 있는 생도들이 답답했다.

"물……! 물 좀 달라고……!"

위장 볏짚이 우수수 쏟아지며 온몸에 붕대를 감은 웨자일의 귀족들이 일어나고 있었다.

다프네가 황급히 다가가 그들에게 물을 건넸다.

수레 위에 앉아 다급하게 목을 축이고 있는 귀족들.

그들을 살펴보던 란시스의 얼굴이 어딘지 모르게 미묘하게 변해 있었다.

"붉은색……?"

정신없이 물을 마시고 있는 어느 한 귀족.

반쯤 풀린 붕대에 의해 흘러내린 그의 머리칼은 분명한 붉은색이었다.

루인이 그런 란시스의 딱딱하게 굳은 표정을 살피며 의문을 드러냈다.

"왜? 또 무슨 일이지?"

"엿 됐군."

"뭐?"

다소 음울해진 란시스의 목소리.

"이 웨자일 랜드에 붉은 머리칼은 단 한 가문에서만 나타나는 유전적 특성이다."

시론이 짐짓 어색하게 웃는다.

"설마 그 가문이…… 에이 아니겠지?"

"랑베르그."

"응?"

"랑베르그가(家)의 안개성."

"잠깐? 안개성이라면 혹시……?"

"파올라 랑베르그. 파올라 후작의 패밀리 네임이다."

"미친! 말도 안 돼!"

루인 일행의 입장에선 그야말로 청천벽력과 같은 소식이 아닐 수 없었다.

일이 꼬여도 유분수지, 어떻게 일이 이렇게까지 더럽게 꼬일 수가 있단 말인가?

"랑베르그가의 안개성을 다른 말로는 피의 가문이라고도 하지. 머리칼이 붉으면 붉을수록 순혈에 가까운 것이 그들의 특성이거든."

"……."

"저토록 진한 붉은빛이 감도는 머리칼이라면 방계가 아닌 직계, 그것도 최상위 일족이다."

꽤 부유한 노예 상인 하벨이 신처럼 떠받들던 귀족들.

충분히 신분이 범상치 않을 것이라고 예상할 수 있었다.

하지만 웨자일의 왕가인 발러가(家)를 제외한다면 가장 강력한 가문이라고 알려진 랑베르그가의 귀족이었다니…….

루인이 란시스에게 물었다.

"누군지 알아볼 수 있겠나?"

랑베르그 후작가의 인물이라면 란시스도 알고 있을 확률이 높았다.

비록 왕의 핏줄이 무수히 많다고는 해도, 란시스는 엄연한 웨자일 왕가의 왕자였으니까.

한데 란시스는 어이가 없다는 표정이었다.

"저렇게 처참하게 불에 구워 놓고는 어떻게 알아보란 말이야? 붕대라도 다 풀어 보든지."

루인이 다프네를 응시했다.

"다프네. 그의 붕대를 풀어라."

"예? 하지만 아직⋯⋯."

아직도 진물이 덕지덕지 흐르고 있었다. 이대로 따가운 햇빛에 노출된다면 피부가 모조리 흘러내릴 것이었다.

"잠시라면 괜찮을 거다. 빨리."

어쩔 수 없이 입술을 꼭 깨물고 천천히 붕대를 풀고 있는 다프네.

"으으으⋯⋯ 또 무슨 짓! 으아아악!"

말라붙어 있던 상처가 벌어지며 핏물이 점액처럼 흘러나온다.

하지만 다프네는 두 눈을 꼭 감은 채로 끝까지 자신의 임무를 완수해 내고 있었다.

점점 벌어지는 란시스의 입.

"와…… 씨. 너희들 정말 말도 안 되는 짓을 저질렀군."

헐떡이듯 질문하는 세베론.

"누구예요? 도대체 누구냐고!"

"제디앙 랑베르그."

"그게 누구……?"

어느새 란시스의 입가엔 허탈한 웃음이 맺혀 있었다.

"파올라 후작이 가장 아끼는 큰아들이다."

"네……?"

삽시간에 번져 간 정적.

그만큼 란시스의 입에서 흘러나온 인물의 정체가 너무 충격적이라 모두 할 말을 잃어버린 것이다.

리리아가 허탈하게 웃었다.

"서자들의 파티에서 '그'를 만나기도 전에 이미 우린 랑베르그가의 죄인이었군."

"이, 이제 어떡하지?"

한데 그렇게 모두가 막막함에 고개를 떨구고 있을 때 루인만큼은 오히려 흥미롭다는 표정이었다.

란시스가 그런 루인을 의아하게 쳐다봤다.

"왜 웃고 있는 거지? 아직 상황 파악이 안 되는 건가?"

안개성은 이 웨자일 랜드에서 가장 지독한 가문.

원한을 맞상대할 때의 랑베르그가의 태도는 지독히 음험

하고 잔인하다.

특히나 현 가주인 파올라 후작의 큰아들을 저 지경으로 만들어 놨으니…….

어쩌면 안개성에 진입하는 즉시 모두 즉결 처분을 당할지도 몰랐다.

신분을 숨기고 있는 이상 자신도 무사하지 못할 것이다.

"재밌군."

오히려 잘됐다는 듯한 태도를 보여 주고 있는 루인에게 란시스는 말할 수 없는 이질감을 느끼고 있었다.

"이 답답한 녀석. 도대체 뭐가 재밌다는 거지? 안개성에 진입하겠다는 계획부터 당장 수정해라. 덩달아 나까지 죽고 싶진 않으니까."

"수정은 없다."

"뭐? 미친놈인가?"

걸레짝이 된 파올라 후작의 큰아들을 무슨 짐짝처럼 수레로 끌고 가고 있는 주제에 뭐?

안개성에 제 발로 진입하겠다?

"교전 상황이 발생할지도 모르니 대마장기전을 상정한다. 다들 자신만의 동조율은 잘 기억하고 있겠지?"

"마, 마장기를?"

극도로 당황해하는 시론.

루이즈 역시 당황해하며 루인을 쳐다본다.

〈안개성을 공략이라도 하겠다는 건가요?〉

"웬만하면 대화로 끝내려 할 테지만 강짜로 나온다면 안개성을 부숴 버릴 것이다."

〈그럼…… 틀림없이 우리의 동선이 노출될 텐데요?〉

"우리들이 마장기의 오너 매지션이라는 걸 아는 사람은 아직 극소수다. 제법 커다란 혼란이 일 테지. 뭐, 나라는 걸 알아차린다고 해도 놈들에게 적당한 경고가 될 테고."

소식을 접하고 극도로 당황해할 렌시아가의 가주, 레페이온의 표정을 떠올리니 루인은 제법 기분이 좋아졌다.

게다가 이맘때쯤은 막대한 규모의 마정석이 막 시장에 풀리기 시작한 시점.

그것만으로도 렌시아가는 정신이 없을 터였다.

틀림없이 그들은 지금까지의 전략을 모조리 수정해야 될 처지에 놓여 있을 것이다.

란시스가 주춤 뒤로 물러났다.

"안개성 공략? 마장기? 대체 너희들 무슨 헛소릴 하고 있는 거지?"

랑베르그 후작가가 보유한 병력은 왕실의 정규군에 준한다.

파올라 후작의 붉은 선단(船團)은 웨자일 랜드 주변의 해역을 지배하는 상징적인 힘.

그 지독한 해적들도 랑베르그 후작가의 붉은 깃발을 보면 무조건 도망부터 치는 것이 현실이었다.

그런데 고작 이 여섯 명으로 뭐?

안개성을 쳐?

어느새 수레에서 돌아온 다프네가 두 눈을 반짝이고 있었다.

"루인 님이 대공자의 신분을 숨기지 않을 거라면 이건 단순한 무력 충돌이 아니에요."

루인은 무려 하이베른가의 대공자.

그가 마장기를 소환해서 성을 공략한다면 그건 이미 대공가의 무력이었다.

"그래. 국가 간의 국지전으로 비춰질 수도 있겠지."

"그런데도 강행하겠다는 건가요?"

"과연 랑베르그가가 그 일을 공표할 수 있을까?"

"네?"

〈루인 님이 르마델의 대공가로 나서신다면…… 가장 중요한 것은 명분이에요.〉

"그래. 나는 그 명분을 쥐고 있다. 또한-"

씨익 웃는 루인.

"파올라 후작이 가장 아끼는 큰아들의 신변을 확보하고 있지."

어느덧 축축하게 젖어 가기 시작한 란시스의 등줄기.

여전히 란시스는 그런 루인을 미친놈 보듯 보고 있었지만, 정체를 알 수 없는 기묘한 감정이 그의 가슴을 두근거리게 하고 있었다.

란시스의 입장에서 루인은 랑베르그가의 큰아들을 통구이로 만들어 버린, 즉 즉결 처분을 당한다고 해도 할 말이 없는 귀족 상해자였다.

한데 루인은 그런 과정은 모두 무시한 채 오히려 파올라 후작의 큰아들을 인질로 잡고 있다고 떵떵거리고 있었다.

이걸 단순한 발상의 전환이라고 말할 수 있을까?

이런 루인의 태도를 대체 뭐라고 해야 할지 란시스는 쉽게 판단을 내릴 수 없었다.

그의 주장대로 랑베르그가의 큰아들이 인질이라면, 과연 그 인질을 지킬 수 있는 힘을 지니고 있느냐가 첫 번째 당면한 문제.

어리숙한 소년들답지 않게 제법 실력이 괜찮은 마법사들이란 건 알고 있지만 글쎄.

과연 랑베르그 후작가의 안개성에서 이놈들의 마법이 통할까?

그 대단한 마법을 뿌리기도 전에 선단 병력의 화살비에 고슴도치가 먼저 될 것 같은데?

랑베르그가 자랑하는 선단 병력은 자그마치 6천이라고 6천!

란시스는 잠시나마 저런 무모한 놈의 열기에 취해 가슴이 두근거렸다는 것에 부끄러웠다.

곧 그가 고개를 내저으며 답이 없다는 투로 말했다.

"이봐, 젊은이들, 상대는 안개성이라고 안개성! 후작가의 권세가 무슨 장난처럼 보이나 본데—"

〈우리 마장기를 함부로 타국에서 드러내도 될까요? 그 일이 국가 간의 갈등을 조장하는 일이 된다면 전 하지 않겠어요.〉

그래, 이 미칠 듯한 괴리감의 근거가 바로 저거였다.

웨자일 랜드의 발러 왕가가 지금까지 변방의 소국 취급을 당해 온 가장 근본적인 이유.

마도 공학의 첨단, 마장기(魔裝機).

대륙을 지배하고 있는 그 대단한 전략 병기를 구하지 못해서 웨자일 협해의 중개 무역권을 다른 국가들과 나누고 있는 형편이었다.

그런데 이 철없는 소년들은 그런 무시무시한 마장기를 무슨 소꿉 장난감 취급을 하며 꺼내니 마니 괴상한 소리를 늘어놓고 있는 것이다.

발러 왕가의 일원으로서 열불이 터져 죽어 버릴 것만 같았다.

"너희들, 아까부터 계속 무슨 헛소리를 늘어놓는 거지? 마장기라니? 그딴 게 지금 어딨는데? 응?"

물론 이번에도 생도들은 깔끔하게 란시스를 무시했다.

"어차피 르마델은 곧 국왕이 바뀐다. 렌시아가에 집중되어 권력도 점점 희석되고 있지. 조만간 크든 작든 충격파는 생길 거다. 다만 그 충격이 내전이 아니길 빌어야겠지."

〈어차피 이 정도 변방에서 일어나는 일까지 신경 쓰지 못할 거란 말인가요?〉

"아니, 그 정도는 아니겠지. 하지만 이미 말했다시피 랑베르그 후작가가 과연 이번 일을 공표할 수 있느냐는 거다. 나는 겔로타 선장의 배에서 일어난 일들을 공개적으로 다룰 예정이거든."

〈네⋯⋯?〉

급하게 끼어드는 시론과 다프네.

"꼬, 꼭 그렇게까지 해야겠어?"

"분명 엄청난 후폭풍이 생길 거예요!"

귀족들이 무엇보다 우선시하는 것은 가문의 명예와 위신이다.

자신의 큰아들이 패륜적인 짓을 저지르고 다녔다는 것이 세상에 낱낱이 공개된다면 파올라 후작으로서는 쉽게 견딜 수 없을 것이었다.

태연하게 왕국의 내전을 운운하는 루인, 거기에 타국의 후작가를 상대로 약점을 쥐고 흔들겠다는 그 놀라운 발상에 란시스는 더욱 멍해졌다.

"도대체 너희들 뭐지? 이건 소년…… 아니 어린 귀족들의 대화가 아닌데?"

국왕의 교체, 핵심 권력의 이동이라는 자국의 상황에 따라 본인들의 행동반경을 결정짓는 소년들?

게다가 타국에 방문한 주제에 가장 드높은 귀족가를 상대로 태연하게 인질극을 벌이겠다고?

"잠깐……?"

그제야 란시스는 루인과의 첫 인사가 떠올랐다.

-루인 사드하 윌켄 드 베른. 그대와 함께 무한해를 누빌 이의 이름이다.

워낙 경황 중이라 녀석의 이름에 담긴 무게를 세밀하게 살피지 못했었다.

한데 지금은 달랐다.

"베른? 설마 네 녀석의 가문이란 게……? 아, 아니겠지?"

"맞아요. 하이베른. 루인 님은 사자성의 대공자예요."

"그, 그 하이베른이라고?"

하이베른.

건국왕 소 로오와 함께 르마델에 가장 강력한 영향력을 끼쳐 온 사자(獅子)의 가문.

르마델 왕가와 나란한 그 이름을 란시스도 소싯적부터 귀가 따갑게 들어 왔다.

게다가 대공자라면 현 사자왕의 후계자란 뜻.

그런 무시무시한 신분에 아무리 자신이 왕족이라고 해도 조금은 위축이 될 지경이었다.

"이, 이제 보니 정말 엄청난 녀석이었군."

란시스는 그제야 지금까지의 상황이 조금씩 이해됐다.

사자왕의 후계자라면 르마델의 정세에 해박한 것도, 랑베르그 후작가를 상대로 인질극을 벌이겠다는 것도 어느 정도 납득이 되기 때문.

하지만 그럼에도 란시스는 루인이 보여 주고 있는 무모한 태도들이 모두 이해되는 건 아니었다.

이곳은 웨자일.

사자왕의 권력이 미치지 않는 곳이기 때문이다.

그렇게 란시스가 복잡한 심정으로 야숙과 도보를 반복한 지 이틀째가 되던 날.

루인 일행은 마침내 희뿌연 안개에 휘감겨 있는 성을 마주할 수 있었다.

깎아지른 듯한 바다 절벽 위.

신비로운 해무(海霧)와 함께 자리 잡고 있는 거대한 성.

그 웅장한 위용에 시론은 넋이 나가고 말았다.

"괴, 굉장한 축조술이다."

자신이 만약 안개성을 공략해야만 하는 지휘관이었다면 저 천혜의 요새 앞에서 할 말을 잃고 말았을 것이다.

도대체 무슨 방법으로 바다 절벽 위에 저런 거대한 성을 쌓아 낸 건지 시론은 추측조차 할 수 없었다.

"……."

반면 루인이 바라보고 있는 건 안개성의 위용이 아니라, 바다 절벽 아래 정박되어 있는 무수한 전함들이었다.

이 먼 거리에서도 거대한 함포들이 또렷하게 보일 정도.

아마도 실제로는 그 위용이 훨씬 대단할 것이다.

"내가 본 전함의 함포 중에서 가장 큰 것 같군."

"전함에 대해서도 알고 있나?"

르마델은 전마의 나라, 즉 기사들의 왕국.

그런 르마델의 귀족이 전함에 대해 호기심을 갖는 것이 란시스로서는 기이했다.

"전함의 함포가 크다는 것이 단순히 공격력의 우월성을 말하는 게 아니라는 것쯤은. 저런 커다란 함포의 발파 충격을 버텨 낼 수 있다는 강력한 내구성의 자신감이겠지."

"호오……?"

루인으로서도 웨자일의 선단을 직접 눈으로 보는 것은 처음이었다.

자신이 흑암의 공포로 활동하던 시기에는 이미 웨자일 왕국이 멸망하고 난 후였기 때문.

지금에 와서 보니 강력한 전함들로 군단의 후방을 교란했던 웨자일 왕국의 함대가 비로소 실감이 났다.

만약 저들이 끝까지 살아남아 인류 연합에 합세했더라면 최후의 전세가 달라졌을지도 몰랐다.

그런 안타까운 생각에 루인이 깊은 회한에 잠겨 있었다.

"이거…… 전함을 바라보며 애틋한 감상에 잠길 수 있는 육지의 귀족이 있다니 의외로군! 내 친구가 될 자격이 충분하다!"

루인을 흐뭇하게 바라보고 있는 란시스.

배를 사랑하는 남자라면 모두 자신의 친구가 될 자격이 있었다.

시론이 묘한 표정으로 경계했다.

"루인이 뱃사람이 되는 일은 결코 없을 테니 그만 꿈 깨시지."

"넌 저 전함들의 크고 우람한 함포를 보고도 뭔가 남자로서 불끈 치솟는 것이 없는 건가?"

"어, 없는데?"

"아니 딱 봐도 생긴 게 응? 남자의 육중한 응? 막 정복욕을 자극하지 않나? 힘이 치솟는 느낌이라든지, 정력이 들끓는 기분이라든지? 응?"

"전혀. 변태세요?"

"흥. 넌 남자가 아니다."

기묘한 표정으로 굳어 버린 루인.

배를 사랑하는 란시스의 감정은 뭔가가 심각하게 삐뚤어져 있었다.

아니, 전함의 함포를 왜 그딴 식으로 해석하고 설명하는 거지?

폭풍의 제왕, 해천의 영웅 란시스 발러는 오늘도 루인의 가슴에서 무참하게 박살이 났다.

루인이 한숨을 쉬며 수인을 맺었다.

츠츠츠츠츠-

루인의 염동 마법에 의해 생겨난 마력 돌풍이 그대로 수레에 작렬했다.

그러자 볏짚이 사방으로 비산하며 누워 신음하고 있는 웨자일의 귀족들이 한눈에 들어왔다.

란시스가 그런 루인의 행동을 멍하니 지켜보다가 물었다.

"굳이 저렇게 드러내고 안개성에 진입하겠다는 건가?"

"효율적인 행동이지."

대체 어떤 점이 효율적이라는 건데!

란시스가 두려움에 떨며 주춤 뒤로 물러났다.

"그냥 너희들끼리 안개성에 가면 안 될까?"

"좋을 대로. 그럼 너와의 무한해는 없었던 일이 되겠군."

"제, 젠장! 무식한 놈!"

저 허술한 붕대 아래로 삐져나온 붉은 머리칼을 발견하는 즉시 안개성의 모든 선원들이 완전 무장으로 달려 나올 것이다.

안개성의 선원들이 일당백의 전사라는 건 웨자일의 아이들도 아는 일.

웬만한 해적 쯤 쪄 먹는 실력을 지닌 그들이 한꺼번에 활을 당긴다?

녀석들이 아무리 뛰어난 마법사라고 해도 꼬치구이 신세를 면하지 못할 것이다.

"이왕 할 거면 확실하게 해야지."

루인이 아공간 헬라게아를 소환했다.

지이이이잉-

허공이 찢어지며 어두컴컴한 아공간 내부가 드러났다.

이어 루인이 손에 끌려 나온 물건은 기다란 창대와 강렬한 청색의 깃발이었다.

루인이 그 깃발을 펼치자.

그것은 르마델 왕국의 금린사자기와 비슷하긴 했지만 특유의 사자 문양이 더욱 강조된 깃발이었다.

하이베른 대공가의 가문기(家門旗)였다.

쾅!

깃발을 창대에 매달아 그대로 수레에 꽂아 버린 루인.

마법사가 아공간을 소환하는 모습도 하이베른가의 가문기도 처음 접하는 란시스로서는 그저 어안이 벙벙할 따름이었다.

"……그렇게 대놓고?"

"와, 너무 도발적인 거 아닌가요?"

생도들의 다양한 반응이 이어졌고.

오히려 이런 루인의 모든 행동들이 치밀한 계산과 심리전의 일환이라는 것을 잘 알고 있는 리리아는 피식 웃음을 지어 보였다.

그야말로 하이베른가의 대공자답다고 해야 할까?

그때, 희뿌연 해무 사이로 솟아오른 안개성을 발견한 파올라 후작의 큰아들이 격동하며 비명을 질렀다.

"네, 네놈들! 잘도 날 이곳으로……!"

금방이라도 죽을 것처럼 굴더니 기세가 등등해진 그의 모습에 루인이 묘한 표정으로 웃고 있었다.

"얼굴이 살아났어!"

"광대 올라간 것 좀 봐!"

득의양양한 표정으로 광대를 씰룩이고 있는 파올라 후작의 큰아들.

그의 얼굴엔 여전히 피고름이 줄줄 흐르고 있었지만 그는 마치 지옥에서 해방된 사람처럼 활짝 웃고 있었다.

"각자의 아공간을 열어라."

루인의 맹렬한 눈빛이 짓쳐 오자 생도들이 단호한 의지로 화답한다.

"어!"

"알겠어요!"

마장기가 들어갈 정도로 넓은 아공간을 내내 유지하는 것은 마력이 상당히 소모되는 일.

때문에 생도들의 마장기는 모두 헬라게아 안에 보관하고 있었다.

이내 전방에 거대한 시야 왜곡 마법이 펼쳐졌고.

우우우우웅-

천천히 헬라게아 속에서 거대한 동체를 드러내기 시작한 마장기들!

당연히 란시스의 두 눈이 찢어질 듯이 부릅떠졌다.

"뭐, 뭐, 뭐, 뭐야! 지, 지, 진짜였어?"

츠츠츠츠츠츠-

강렬한 마력 파동과 함께 거대한 동체를 모두 드러낸 마장기들.

루인의 광활한 융합 마력에 의해 미끄러지듯 부유하며 이동하기 시작한 마장기들이 생도들의 아공간으로 깔끔하게 진입하고 있었다.

지이이이이잉-

생도들이 소환한 아공간들의 틈이 모두 닫혔고.

란시스가 그런 생도들을 미친놈 보듯이 쳐다보고 있을 때.

그 모든 광경을 수레에 앉아 바라보고 있던 웨자일의 귀족들이 헛것을 본 것마냥 눈을 껌뻑이고 있었다.

"바, 방금 뭐, 뭐였지?"

"끄으으으…… 혹시 방금 그게 말로만 듣던……."

루인이 다시 안개성을 응시한다.

씨익.

"간다. 안개성으로."

불어오는 따뜻한 해풍.

조금은 늘어져 있던 안개성의 망루 초병들이 저 멀리 다가오는 수레를 물끄러미 바라보고 있었다.

"이봐, 자네도 보고 있지?"

"보고 있어. 한데 저런 깃발은 당최 처음 보는군."

웨자일 왕국에는 저런 특이한 청색의 깃발을 쓰는 가문이나 길드가 없었다.

게다가 깃대도 웨자일 특유의 트라이던트(Trident) 모양이
아니었다.

저렇게 기수(旗手)들이 쓰는 돌격용 마상창 형태는 전통적
으로 육지의 국가들이나 즐겨 쓰는 깃대 양식.

"육지인인가?"

"내륙에서 왔다면 하례를 올려도 성문을 열까 말까인데,
감히 안개성에 방문하면서 제 깃발을 내세우고 온단 말인
가?"

"조용. 뭐라고 말하려는 것 같은데?"

곧이어 음성 증폭 마법에 의해 불청객의 강렬한 목소리가
들려왔다.

**-르마델의 기수이자 대공, 옛 정령과 백룡의 친구, 몽델리
아 산맥의 지배자이자 사자성의 오롯한 주인, 나 루인이 친히
하이베른가를 대리하여 말하노니 안개성의 성주는 친히 나
와 타국의 대공가를 맞이하라!**

꾸르르르릉!

거대한 첨제 성문이 통째로 흔들릴 정도의 엄청난 목소리.

그 충격파가 얼마나 거셌는지 아직도 성문이 간헐적으로
삐걱거리며 비명을 지르고 있었다.

망루의 초병들은 갑작스러운 불청객의 통보에 사고가 마비된 사람처럼 멍한 표정.

초병 하나가 동료들과 함께 눈을 껌뻑이고 있었다. 어느덧 그의 손에 쥔 창대가 부르르 떨리고 있었다.

"감히 미개한 초지(草地) 놈들이 여기가 어디라고!"

"뭐, 뭐라는 거야? 르마델의 대공가?"

"몽델리아의 사자성이라면 나도 들어 본 적이 있네!"

그때, 다시 들려오는 굉음에 가까운 목소리.

-사자의 가호 아래 있는 자가 말하는데 왜 아무도 대꾸가 없는 거지? 안개성주는 입이 없단 말인가?

"무슨 일이냐!"

안개성의 수비대장이 갑주를 출렁이며 헐레벌떡 뛰어나오자 망루의 초병들이 일제히 그에게 경례했다.

"충! 해천(海天)의 협해에 영광을!"

"충! 르마델의 대공가를 자칭하는 자가 성주님을 찾고 있습니다!"

"뭣이?"

일그러진 얼굴로 급히 망루에 오른 수비대장.

과연 성문 앞에는 외국인으로 보이는 사람들이 당당하게 망루를 올려다보고 있었다.

한데 이어 들려온 불청객의 목소리에 모두가 선 채로 굳어 버렸다.

-안개성주는 큰아들의 목숨을 살리고 싶지 않다는 건가?

　당황한 눈빛으로 초병들과 시선을 교환하는 수비대장.

　"지금 저 미친놈들이 뭐라고 지껄이고 있는 거지?"

　"수비대장님! 수레입니다! 저 수레에 사람이 타고 있습니다! 붉은 머리칼입니다!"

　"뭐?"

　수비대장의 시선에 악착같이 일어나서 망루를 바라보고 있는 붉은 머리칼의 청년이 들어왔다.

-피게 대장! 이 무식한 놈들이 날 고문했다! 나야! 브라한 이라고!

　"브, 브라한 도련님……?"

　파올라 후작의 아들, 브라한의 목소리를 한눈에 알아본 수비대장 피게가 이내 굳은 얼굴로 소리쳤다.

　"성문을! 성문을 열어라!"

　"예! 대장님!"

　쿠쿠쿠쿠쿠-

육중한 톱니바퀴들이 맞물리며 안개성의 성문이 열린다.

완전 무장한 안개성의 군사들 수십 명이 루인 일행을 완벽하게 에워쌌다.

루인이 자신을 조준하고 있는 빽빽한 트라이던트 창들을 무심히 바라보고 있을 때.

"1열과 2열은 방진으로 적들을 압박한다! 3열은 내 명령을 기다려라! 그리고 궁수들!"

성벽 위에서 팽팽하게 활시위를 당기고 있던 궁수들이 일제히 수비대장을 바라보았다.

"이들이 무기를 꺼내 든다면 사살해도 좋다! 다시 성문을 닫아!"

-충!

루인이 다시 육중하게 닫히는 성문을 물끄러미 바라보고 있었다.

병사들의 군기와 훈련 상태가 최고 수준이라는 것을 한눈에 알 수 있었던 것.

전시도 아닌 평시에 이 정도 군기를 유지할 수 있다는 것은 안개성주의 역량이 대단함을 방증하는 것이었다.

"르마델의 대공가임을 밝혔는데도 사살하겠다라. 일개 수비대장치고는 담력이 대단한 자로군."

무례니 뭐니 따지기 전에 일단 루인은 대공가 하이베른의 깃발을 내세우고 방문한 상태.

　안개성이 아무리 르마델의 왕법이 미치지 않는 타국의 영토지만 충분히 외교적인 문제로 비화될 수 있는 사안이었다.

　"이후의 일을 감당할 수 있겠나?"

　반면 수비대장 피게는 가까스로 이성을 유지하고 있었다.

　랑베르그가의 장자가 온몸에 피고름을 흘리고 있었다.

　목소리를 듣지 않았다면 알아보지 못했을 정도.

　랑베르가의 직계 혈족, 브라한의 몰골은 가히 처참함 그 자체였다.

　그로서는 당장 죽여 없애지 않는 것만으로도 상대에게 베푼 호의.

　그나마 저 정교한 사자 문양의 깃발을 생각해서 체면을 봐준 것이었다.

　"여긴 해천이다! 초지의 귀족!"

　해천(海天).

　웨자일 랜드가 관장하는 협해 전체를 신성시 일컫는 단어.

　자신들은 해천이라고 스스로를 드높이고 있으면서 감히 르마델을 초지라 일컫고 있다니.

　초지(草地).

　그것은 외국인들이 광활한 초원을 보유하고 있는 르마델을 얕잡아 부르는 단어였다.

"잠시! 잠시만요 수비대장님! 전 라벡스 선단에 잠시 몸담았던 수석 항해사입니다!"

수비대장 피게가 의심스러운 눈초리로 란시스의 위아래를 훑고 있었다.

"⋯⋯라벡스?"

"그, 그렇습니다! 엘조드 선장님과 함께 일했었습니다!"

수비대장 피게의 얼굴에서 잠시 동요하는 빛이 어렸다.

하지만 그는 여전히 긴장을 풀지 않은 채로 란시스를 노려봤다.

"그래서?"

아무것도 달라지는 건 없었다.

어쨌든 랑베르그가의 1공자 브라한 님을 저 지경으로 만든 자의 일행이라는 것에는 변함이 없는 것이다.

더구나 그런 고귀한 1공자를 마차도 아닌 짐승을 태우는 수레 따위에 싣고 와서 감히 안개성을 욕보이고 있었다.

"아, 단지 그렇다는 것뿐입니다! 일단 대화로⋯⋯."

"대화?"

어이가 없었다.

초지의 대공가라 한들 이곳은 안개성.

고작 외국의 귀족 주제에 감히 안개성주를 나오라 마라 한 무례한 자와 더 할 말은 없었다.

한데.

"착각이 심하군."

천천히 허공으로 떠오르고 있는 랑베르그가의 1공자 브라한.

"사…… 살려 줘!"

루인의 마법이 얼마나 위험하고 공포스러운지를 극한까지 경험한 브라한은 마치 오줌이라도 쌀 기세였다.

"도련님!"

츠츠츠츠츠-

극도로 투명하고 미세한, 미지의 칼날이 햇빛에 반사되거나 부서지며 날카로움을 드러내기 시작한다.

하나, 둘, 셋…….

기하급수적으로 늘어난 마력 칼날들이 더 이상 세는 것이 무의미할 지경이 되자.

이런 체계적인 마법 술식을 처음 경험하는 수비대장 피게로서는 눈앞에 벌어진 현실에 그저 입만 벌리고 있을 따름이었다.

수천 개의 마력 칼날들이 일제히 향하고 있는 방향.

무형의 마력 칼날이 모두 자신을 조준하고 있자 브라한의 얼굴이 더욱 창백해졌다.

"다, 당신! 내게 또 무슨 짓을……!"

"두 번 말하지 않겠다. 잘 들어라, 수비대장."

특유의 무감하고 차가운 루인의 눈빛에 순간 가슴이 서늘해진 수비대장 피게.

"난 분명 안개성주를 보겠다고 했다. 그를 이곳으로 부르든지, 날 성안으로 초대하든지 합당한 조치를 하도록. 거절한다면—"

씨익.

"네 도련님은 한 줌의 핏물로 산화될 것이다. 그 일에 내 가문과 이름을 걸지."

곁에 있던 시론이 오싹한 표정을 지어 보였다.

저 루인이 자신의 진명(眞名)을 거는 것이 얼마나 무시무시한 일인지를 경험으로 알고 있기 때문.

이름을 건 이상 루인은 정말로 저 안개성주의 아들을 핏물로 만들어 버릴 것이다.

곧 시론이 다급히 외쳤다.

"수비대장! 일단 그의 말대로 하는 게 좋을 거야! 이거 진짜라고!"

저벅저벅.

수비대장 피게가 뭐라 대꾸하기도 전에 마력 칼날과 브라한을 허공에 띄운 채로 천천히 걷기 시작하는 루인.

우우우우웅-

극한의 염동력과 융합 마력, 대마도사의 의지가 또다시 촘촘하게 어울리자.

화르르르르!

특유의 무색의 불꽃, 그러나 흑암의 공포가 구사하던 명계

(冥界)의 불꽃보다 훨씬 파괴적인 화염이 세상에 현신한다.

거대한 철문이 순식간에 시뻘겋게 변했고.

주르르르륵!

단 몇 초도 견디지 못한 육중한 안개성의 철문이 통째로 용암처럼 변해 흘러내리고 말았다.

"⋯⋯!"

병장기를 제대로 쥐고 있기 힘들 정도의 가공한 열기!

"으으으⋯⋯!"

"으으으윽!"

갑주가 시뻘겋게 변하고 여기저기에서 고기 타는 냄새가 나자 수비대장 피게가 다급하게 외쳤다.

"열기를 피해! 모두 갑옷을 벗어라!"

"충!"

"충!"

한데 그것은 시작에 불과했다.

"모두 각자의 마장기를 소환한다."

"응? 지금?"

"⋯⋯진짜로?"

루인이 표정 하나 변하지 않고 입을 열었다.

"정신 차려라. 이건 실전이다. 우리의 적은 안개성 그 자체다."

"알겠다!"

195

"알겠어요!"

지이이잉-

점차 벌어지는 공간의 틈 다섯 개.

기다랗게 찢어진 공간의 틈에서.

육중한 마장기들의 위용이 현신한다.

"……."

"……."

"……."

거대하고도 무시무시한 동체.

칙칙한 묵광으로 번들거리며 나타난 거대한 동체는 가히 장엄하고도 아름다웠다.

인류의 합치된 지성이 탄생시킨 신적인 마도 예술품.

생도들이 각자의 동조율을 끌어올리자 거대한 마력포의 포열에 새겨진 술식이 천천히 발광하기 시작한다.

마력 서광으로 타오르는 마장기의 마력포.

선단의 함포 따위와는 비교하는 것조차 무의미할 정도로 그것은 당대의 세계를 지배하는 힘과 권력의 상징이었다.

그런 압도적인 마장기의 위용 앞에서 그 누구도 함부로 입을 열지 못하고 있었다.

란시스가 홀린 듯한 눈으로 루인을 쳐다보고 있었다.

'도대체 저 녀석은…….'

놈과 만난 지 이제 한 달일 뿐인데, 이건 마치 살아온 세월이 모두 부정당하는 느낌이었다.

그때.

ㅊㅊㅊㅊㅊㅊ-

다시 찢어진 공간의 틈.

그렇게 헬라게아에서 점차 빠져나오고 있는 루인의 마장기는 생도들의 것과는 질적으로 달랐다.

생도들의 낮은 동조율에 맞춘 다운그레이드 버전이 아닌 온전한 쟈이로벨의 마장기.

마침내 여섯 개의 마장기가 성문 앞에서 모두 진을 치자 그 단단한 안개성의 절벽이 비명을 지르고 있었다.

쿠쿠쿠쿠쿠-

병사들의 얼굴이 핼쑥해진다.

수비대장 피게도 경악하며 소리쳤다.

"머, 머, 멈추시오!"

분명 틀림없이 지축이 어긋나는 굉음이었다.

마장기의 '마력 포격', 권능에 가까운 '대병력 살상 술식'이 문제가 아니라, 단지 그 무게만으로도 안개성이 위태로워진 것이다.

"조준."

철커, ㄷㄷㄷ득.

여섯 마장기들의 포열이 일제히 안개성을 조준한다.

"강마력 전개."

츠츠츠츠츠-

시뻘겋게 달아오르기 시작한 여섯 마력포.

"원소력 개방."

우우우우웅-

심장을 미친 듯이 두근거리게 만드는 압도적인 공명음과 함께 마력포들이 일제히 화염을 뿜어낼 무렵.

-그만!

녹아 흘러내린 성문 틈으로 한 노인이 붉은 눈썹을 휘날리며 달려오고 있었다.

루인은 그가 안개성주라는 것을 곧바로 알아보았다.

씨익.

"마력 융합 해제, 강마력 전소. 다들 동조를 풀고 마력을 다스려라."

"허억허억! 응!"

"후우…… 살았다!"

연신 거친 숨을 헐떡이고 있었지만 생도들의 표정엔 희열의 기색이 가득했다.

이 정도면 실전에서 마장기의 구동을 완벽하게 성공한 셈이나 다름없는 것이다.

그렇게 버선발로 뛰어나온 붉은 눈썹의 노인, 파올라 후작이 도열해 있는 마장기를 멍하니 바라보고 있었다.

"아, 아버지!"

허공에 매달린 채로 애처롭게 아버지를 불러 보는 브라한.

하지만 파올라 후작은 그런 아들을 쳐다도 보지 않은 채 마장기만을 응시하고 있었다.

Chapter. 64

Chapter. 64

마장기(魔裝機).

웨자일 왕국이 해천의 영광을 재현하기 위해서 반드시 필요한 절대적인 병기.

지금도 저 마장기의 비밀을 캐내기 위해서 수많은 웨자일의 정보 요원들이 노력하고 있었다.

그들 중 대부분이 첩자 신분이 들통난다.

결국은 갖은 고문 끝에 독을 깨물거나 비참한 도망자 신세가 되어 묘비 없는 죽음을 맞이하는 것이다.

한데 그런 웨자일의 모든 염원과 꿈이 눈앞에 펼쳐져 있었다.

웨자일의 해상 전단이 자랑하는 민첩한 해상 기동과 강습 전략들을 모두 무의미하게 만들어 버린 세기의 괴물체.

저 미지의 전략 병기가 세계에 나타난 이후로 웨자일은 단 한 번도 육상에 진출하지 못했었다.

진득한 적의보다 앞서는 감정은 오히려 경이(驚異).

그렇게 처음으로 마장기의 실물을 접한 파올라 후작은 말로 표현하지 못할 경이로움을 느끼며 시선을 떼지 못하고 있었다.

"아, 아버지!"

애절하게 자신을 부르는 아들의 목소리.

파올라 후작의 시선이 천천히 루인에게로 향했다.

"베른가의 대공자라고?"

루인의 표정이 굳었다.

가문기를 펄럭이며 자신의 신분을 분명하게 밝혔는데도 파올라 후작은 하이베른가를 예우하지 않고 있었다.

"……."

파올라 후작은 안개성의 성주.

적어도 한 나라의 귀족이라면 마장기의 위력을 분명하게 인지하고 있을 터였다.

그런 마장기가 도합 6기.

모든 포열이 자신의 성을 조준하고 있는 상태에서 굳이 상대의 신경을 긁어 대는 이유는 하나밖에 없었다.

반응을 떠보고 심리를 분석하려는 것.

그런 파올라 후작의 대담함이 오히려 루인은 마음에 들었다.

"그래. 르마델의 기수가, 하이베른가의 대공자다."

수비대장 피게가 두 눈에 쌍심지를 켜며 제식용 검을 치켜세웠다.

"저, 저런 무례한!"

"그만."

파올라 후작이 손을 들어 제지하며 말했다.

"내가 알기로 르마델의 마장기는 1기뿐일 텐데."

씨익.

"세상의 일이란 늘 변화하지."

"잘 이해가 되지 않는군. 르마델의 입장에서 이만한 마장기를 확보했다면 철저하게 은닉하는 것이 정석. 알칸 제국의 위협을 상시적으로 받고 있는 르마델이 굳이 좋은 관계를 유지하고 있는 우리 웨자일 왕국을 무슨 이유로 적대하는 건가?"

루인이 피식 웃으며 모든 마력 칼날들을 소환 해제했다.

공중에 떠 있던 브라한도 툭 하고 힘없이 떨어지며 신음을 흘리고 있었다.

루인의 무신경한 목소리가 이어졌다.

"식상해. 왜 당신 같은 귀족들은 늘 본인이 편한 대로만 해석하는 거지? 저 가문기를 보고도 계속 르마델 타령만 늘어놓을 건가?"

더욱 깊게 가라앉는 파올라 후작의 눈빛.

"그게 상식적으로 납득이 가능한 설명이란 말인가?"

"그럼 6기의 마장기를 정규군 없이 단독 작전에 투입하는 건 설명이 되고?"

루인의 말은 한마디로 이 6기의 마장기들이 하이베른가, 단 한 가문의 전력이라는 뜻이었다.

그의 대답은 전혀 상식적이지 않았다.

천 년의 역사를 지닌 르마델 같은 중소 왕국조차도, 단 한 기의 마장기로 북부 왕국들의 틈바구니에서 버텨 내는 것이 가능한 마당.

그런 마장기가 6기라면 왕국 규모의 전력을 훨씬 상회하는 것이었다.

베나스 대륙에 5기 이상의 마장기를 보유하고 있는 국가는 채 다섯을 넘지 않았다.

지금 루인은 그런 규모의 전력을 일개 가문이 보유하고 있다고 주장하는 것이다.

"그럼 지금 그대의 모든 행위가 르마델의 권위를 대변하는 것이 아닌, 그저 개인의 사사로운 입장이란 말인가?"

"뭐, 그렇게 해석될 수도 있겠군. 어쨌든 당신 아들의 문제를 상의하러 온 거니까."

그제야 처음으로 자신의 아들을 물끄러미 쳐다보는 파올라 후작.

"꽤 심하게 다쳤군."

"화염계 마법에 화상을 입었지."

"그대의 짓인가?"

"물론."

한데 파올라 후작의 반응이 의외였다.

"저놈의 목숨을 살려 주는 대가로 이 파올라에게 뭔가를 얻어 낼 생각이라면 미리 말하지만 그 뜻을 접게. 아쉽게도 내겐 무수한 대안이 있네. 특히 저놈은 내 아들로 태어났다는 것 외에 아무런 가치도 없지."

엄청난 정력가로 알려진 파올라 후작.

특히 이곳은 아직 다산의 전통을 이어 가는 섬나라였고, 파올라 후작의 아내들은 알려진 것만으로도 스물이 넘었다.

게다가 그는 정식으로 아내로 맞이하지 않고도 무수히 관계를 맺었는데, 그렇게 태어난 서자들이 그의 직계보다도 많은 수준이었다.

아마도 그는 그런 자식들의 이름을 모두 외우지 못하고 있을 확률이 높았다.

"저 녀석이 무슨 짓을 하고 다녔는지 알고 있는 듯한 눈빛이군."

자식을 바라보면서 경멸의 감정을 갖기란 쉽지가 않다.

한데, 파올라 후작의 눈빛에 서려 있는 감정은 분명한 무시와 경멸이었다.

그제야 루인은 이번 일을 잘못 짚어도 너무나 잘못 짚었다는 것을 깨달았다.

저 바보 같은 놈의 실체를 이미 파올라 후작이 다 아는 상태라면 협상은 물 건너간 것이나 마찬가지.

브라한의 파렴치한 행동이 세상에 모두 까발려진다고 해도 저 냉정한 귀족은 그것을 불명예로 생각하지 않을 수도 있었다.

파올라의 눈은 분명 그런 눈이었다.

"아버지……!"

"시끄럽다."

역겨운 감정이 역력한 얼굴.

루인이 그런 파올라를 무심하게 바라보다가 다시 입을 열었다.

"이거. 내가 실수했군."

씁쓸하게 웃고 있던 루인이 헬라게아를 소환해 마장기들을 회수하기 시작했다.

거대하게 입을 벌린 아공간이 천천히 6기의 마장기들을 잠식하는 모습을 파올라 후작은 경이롭게 바라보고 있었다.

그렇게 루인이 마장기들을 모두 헬라게아 내부로 회수하자.

"마법사인가."

"보다시피."

그때, 수비대장 피게가 창을 꼬나들며 루인을 위협했다.

"이놈! 끝까지!"

"그만. 더 나섰다간 안개성의 율법으로 다스리겠다."

"……예?"

당황해하는 피게.

웨자일 랜드를 다스리는 국왕을 제외한다면 이 나라 최고의 귀족이라 할 수 있는 안개성주였다.

감히 그런 파올라 후작을 상대로 계속 반말을 늘어놓는 건방진 어린놈을 왜?

반면 파올라 후작은 눈치 없는 피게를 죽일 듯이 노려보고 있었다.

눈앞에 있는 소년은 아공간에 마장기를 넣고 다니는 이상신(神)이었다.

마장기가 무서운 것은 마력 포격도 마력 포격이었지만 상상할 수 없는 출력으로 구동되는 대단위 광역 마법들.

수천의 기사들을 통째로 발을 묶어 버리는 마력 족쇄 필드, 사방 500미터 정도는 가볍게 용암 지대로 만들어 버리는 광역 열화 술식 같은 것들이 훨씬 더 가공한 것이다.

그런 절대 병기가 무려 6기.

마음만 먹는다면 이 안개성은 물론이요, 웨자일 랜드 자체를 무너뜨릴 수 있는 절대적인 힘이었다.

그런 소년이 자신에게 예의를 차리지 않는 문제는 하나도 중요하지 않았다.

지금으로선 그의 비위를 맞추는 것이 무엇보다 급선무였다.

"우리 웨자일 랜드에도 사자왕을 흠모하는 기사들이 많지."

루인이 묘한 미소를 머금었다.

"그런가."

"할 이야기가 많겠군. 안개성으로 정식으로 초대하지. 베른가의 대공자."

루인이 굳은 표정으로 침묵하자 파올라 후작이 오해라는 듯 손을 휘저었다.

"난 해천에 속한 귀족이네. 타국의 귀족을 흠모할 수는 있어도 정식으로 예우하는 건 다른 문제라네. 웨자일 랜드에서 스스로 명예를 드높일 수 있는 건 왕가에 한정되네."

"그런가."

계속 가문이 무시당한다고 생각해 온 루인이었지만 조금은 마음을 풀 수밖에 없었다.

개도 자기 집에선 절반은 먹고 들어간다는데 어쨌든 타국이지 않은가.

"나와 협상하려 한 문제가 무엇인지 물어봐도 되겠는가?"

"여기서……?"

그제야 파올라 후작은 아직도 예리한 창날을 세운 채 루인 일행을 포위하고 있는 수비대원들이 눈에 들어왔다.

곧 그가 멋쩍게 웃었다.

"이거, 경황 중이라 손님 대접이 시원찮았군."

그제야 수비대원들이 일제히 창날을 회수하고 물러났다.

파올라 후작이 녹아 흘러내린 성문을 바라보며 씁쓸하게 웃었다.

"이거 랑베르그가 역사상 처음으로 성문을 교체하는 일이 생겼군."

루인이 다시 헬라게아를 소환해 태연하게 금괴 2개를 꺼냈다.

"강철 10만 파운드를 살 수 있는 금이다. 배상은 이것으로 끝내지."

파올라 후작이 눈살을 찌푸렸다.

"랑베르그가가 그 정도로 없이 살진 않네."

"뭐, 정 그렇다면야."

루인이 더 물어보지도 않고 곧바로 금괴를 회수하자 파올라 후작이 그를 기이하게 바라보고 있었다.

명예와 실리 사이의 균형을 절묘하게 이해하고 있는 자.

뛰어난 인재를 무수히 발견하며 살아왔지만 이런 건 단순히 재능이나 자질의 문제가 아니었다.

분명 소년에 불과한 어린 나이인데 무슨 노련한 정치인을 마주하고 있는 기분.

"들어가지."

루인과 파올라 후작이 성안으로 들어갔다.

브라한이 악착같이 일어나려 하자.

수비대원들이 황급히 다가가 그를 부축하려 했지만 브라한은 이를 악문 채로 그들의 손을 뿌리쳤다.

"치워!"

수비대장 피게가 고개를 숙였다.

"의사를 부르겠습니다."

"먼저 어머니에게 간다!"

나직이 한숨을 쉬던 피게가 수레를 쳐다보았다.

"다른 분들은 어떻게……."

악독한 눈빛으로 비틀거리며 걸어가던 브라한이 휙 하고 수레를 돌아봤다.

"적당히 먹여서 모조리 추방해! 쓸모없는 놈들이다!"

생도들이 그런 브라한의 행동을 멍하니 바라보고 있었다.

시론이 란시스를 바라보며 물었다.

"그런데 랑베르그가의 큰아들은 '제디앙'이라고 하지 않았나? 잰 브라한인데?"

"미, 미안. 내, 내가 사람을 잘못 봤나 보군. 어, 어쨌든 후작의 아들은 맞잖아? 하, 하하하!"

〈루인 님에게 말해 줘야 하지 않나요?〉

저 바보 같은 놈이 파올라 후작이 아끼는 큰아들이 아니라면 도대체 몇째 아들이란 말이지?

분명 루인의 계획에 큰 차질이 생길 것이 틀림없었다.

란시스가 당황해하며 성안으로 황급히 발길을 옮겼다.

"가자! 뒤처지겠어!"

어쩐지 좀 모자라 보이는 란시스를 바라보며 시론이 미간을 좁혔다.

"쟤, 믿어도 되겠어?"

앞서가는 다프네.

"일단 따라붙죠."

웨자일 랜드에서 최고로 명망 높은 가문치고는 안개성의 내부는 의외로 화려하지 않았다.

복잡한 문양이나 보석, 진귀한 장식이나 조명 같은 것들이 하나도 없었다.

건물들은 죄다 각지고 딱딱했으며 관리 상태도 그다지 좋지 않았다.

더욱 특이한 건 철로 된 구조물이 하나도 보이지 않는다는 점이었다.

꽤 깊숙이 성 내부로 진입했지만 루인은 성문 외에는 어떤 철 구조물도 발견할 수 없었다.

보이는 건 죄다 목재로 쌓아 올린 목조 건축물이었다.

루인이 짓고 있는 기이한 표정에 파올라 후작이 웃었다.

"자네 또한 안개성을 처음 방문하는 여느 귀족 손님들과 다르지 않군. 공성을 대비하는 성인데 왜 이토록 목조 건물이 많은 건지 그대 역시 그게 궁금하겠지?"

그의 말대로 불화살 세례가 성 내부에 작렬하면 삽시간에 모든 건물이 타 버릴 터였다.

"비록 강철은 강하지만 오랜 세월 해풍을 견디진 못하네. 염분에 무척 취약하거든."

"그건 나무도 마찬가지 아닌가?"

"그 나무가 안개성의 비밀이지."

파올라 후작이 말을 교묘하게 끊으며 웃고 있을 때.

지금까지 내내 침묵을 유지하고 있던 란시스가 처음으로 입을 열었다.

"베르그트리. 이 지역 해안가의 절벽을 타고 자라나는 나무야. 불에도 잘 타지 않고 무엇보다 항염성이 엄청난 나무지."

루인이 란시스를 쳐다본다.

"안개성의 선박 건조술과 관련이 있겠군."

"역시 넌 눈치가 빠르단 말이지. 물론 랑베르그가의 철저한 관리 아래 수확되는 특산물이야. 문제는 생장 주기가 너무 길어서 생산량이 얼마 안 돼. 대신 베르그트리로 만든 배 한 척의 가격은 일반 범선의 스무 배가 넘지."

"스무 배?"

"내화성과 항염성, 무엇보다 그 단단함이 강철을 능가하거든."

그제야 루인은 무식한 거포를 줄줄이 매달고 있는 랑베르그가의 전선들이 모두 베르그트리로 제작되었다는 것을 알아차릴 수 있었다.

안개성의 중심 정원에 도착한 파올라 후작이 인상을 찌푸리며 란시스를 쳐다보았다.

"자넨 누군가?"

"아, 그게……."

뭐라 말하려던 란시스가 다시 입을 닫았다.

안개성주 파올라 후작.

조작된 신분을 말해 봤자 어차피 그에게 모두 들통날 터였다.

돌아가는 즉시 모든 정보력을 동원해 자신들을 조사할 테니까.

"……에, 제가 너무 커 버려서."

"……?"

"왕가의 왕자들이 너무 많기도 하고요."

"왕가……?"

뒷머리를 긁적이다 한숨을 쉬는 란시스.

"접니다. 란시스. 란시스 발러."

파올라 후작의 두 눈이 동그랗게 변했다.

"란시스……?"

란시스 발러.

희미하지만 분명 기억 속에 존재하는 소년이었다.

하지만 파올라 후작의 눈빛은 금세 의문으로 물들었다.

"분명 돌아가셨다고……?"

틀림없었다.

란시스 왕자는 2년 전의 성년식 때 죽었다.

협해를 집어삼킨 거대한 폭풍우.

해천의 분노가 왕자들의 선단을 덮쳤다는 소문이 퍼졌을
무렵, 웨자일 왕실은 성년식에 참가했던 왕자들의 죽음을 공
표했다.

아케인, 포르자, 란모우, 란시스.

그들 중에서도 아케인 왕자의 죽음은 웨자일의 백성들에
게 너무나 큰 충격이었다.

아케인 왕자는 왕실 함대 역사상 최연소 함장에 선출됐을
만큼, 압도적인 재능과 검술 실력을 자랑했던 천재 중의 천재.

아직도 그런 아케인 왕자를 그리워하는 음유시인의 노래

가 길거리에서 들려올 정도로 웨자일의 백성들에겐 쉽게 잊을 수 없는 사건이었다.

"아케인 왕자님은 어떻게 되셨습니까?"

란시스 왕자가 그 지옥 같은 폭풍우 속에서 살아 돌아왔다면 아케인 왕자에게도 가능성은 있었다.

란시스는 파올라 후작의 그런 반응을 예상이라도 했다는 듯 처연하게 웃고 있었다.

"아직 모릅니다. 저도."

하지만 그것만으로도 파올라 후작은 기뻐했다.

"돌아가시지 않았다는 말입니까!"

"……."

왕자들의 성년식.

모든 백성들이 단순한 성년식인 줄로만 알고 있는 그 항해.

하지만 그것은 국왕의 특명에 따라 무한해의 특정 지역을 탐사했던 비밀 임무였다.

아이러니하게도 웨자일 왕국은 테아마라스 유적의 무한해와 가장 가까운 섬나라이면서도 그 이점을 한 번도 온전히 취한 적이 없었다.

내륙의 탐사대들이 엄청난 마도 공학을 발견하며 마장기라는 전무후무한 절대 병기를 탄생시킬 때까지 웨자일은 어떤 이득도 취하지 못한 것이다.

무사히 돌아오더라도 역대 모든 탐사대원들은 유적 내부의 일을 아무것도 기억하지 못했다.

십 년 전, 오올리아 선장의 마지막 탐사 이후로 마침내 왕실은 테아마라스의 유적으로 향하는 입구 좌표마저 분실했다.

란시스가 슬픈 눈으로 품을 뒤져 영롱한 묘안석(猫眼石) 하나를 꺼내 들었다.

"형님의 생명과 연결된 라이프 스톤입니다. 아직 빛을 잃지 않았어요."

"그렇다면!"

"네. 죽지 않았습니다. 우리 형님은."

형이라면 분명 살아남았을 것이다.

살아남아 끝내 유적의 입구를 찾아낸 것이 틀림없었다.

란시스는 그렇게 굳게 믿고 있었다.

"왜 지금까지 왕실에 이 사실을 알리지 않고 계시는 겁니까?"

"……."

그 일에 란시스는 더 이상 입을 열지 않았다.

아무리 파올라 후작이라고 해도 웨자일 왕실의 깊숙한 사정을 모두 아는 건 아니었다.

루인이 무심하게 말했다.

"웨자일의 국왕께서 서둘러 왕자들의 죽음을 공표했다면

그만한 이유가 있겠지."

"······."

루인은 란시스의 표정을 살피는 것만으로도 많은 것을 읽어 내고 있었다.

무슨 이유인지 정확히 알 수는 없다.

하지만 그의 얼굴은 돌아갈 곳이 있는 사람의 얼굴이 아니었다.

아마도 그에게 차마 말하지 못할 사연이 있을 것이다.

아무런 사연도 없이 왕자의 몸으로 노예 무역선의 노예를 자처했을 리는 없었다.

"아, 이 일은 나중에 다시 이야기하지요. 오늘 밤이 제법 길겠습니다. 하하."

중심 정원을 지나 루인 일행이 도착한 곳은 파올라 후작의 별장이었다.

베르그트리 특유의 청아한 목향(木香)이 가득한 집이었다.

이미 소식이 전해진 듯, 활짝 열린 베란다의 탁자에는 하인들이 분주하게 음식을 나르고 있었다.

루인이 랑베르그가의 단아한 가풍을 느끼며 흡족한 듯 웃었다.

"살기 좋은 집이군."

대공가의 고아한 예법으로 의자에 앉은 루인이 반개한 눈으로 시선을 내리깔았다.

이어 루인은 찻잔을 집어 들어 한 모금 들이켜면서도 일체의 소리를 내지 않았다.

너무 급하거나 크게 마시지 않는, 그러면서도 하인들에게 감사의 눈인사도 잊지 않는 그의 모습에 파올라 후작은 나직이 감탄했다.

'과연.'

단순히 차를 마시는 행위에 불과해 보이겠지만, 일반적인 귀족들이 결코 따라 할 수 없는 절대적인 기품이 그에게 느껴졌다.

고결한 품위와 여유, 대귀족으로서의 자존감과 권위가 한눈에 드러나고 있는 것이다.

대공자.

그제야 파올라 후작은 르마델의 대공가라는 루인의 신분을 의심 없이 받아들이는 눈치였다.

생도들도 함께 앉아 외국의 신기한 다과를 즐기기 시작하자, 란시스는 그런 생도들을 묘한 감정으로 바라보고 있었다.

비록 루인만큼은 아니지만 그들에게도 정결한 규율과 엄정한 예법이 느껴졌기 때문.

마법사인 것 빼고는 허술한 녀석들인 줄 알았는데 이제 보니 정교한 훈련과 예법에 꽤나 단련된 녀석들이 아닌가?

거기에 파올라 후작도 여유롭게 웃으며 그들과 함께 식사를 즐기고 있으니 대체 이게 다 뭔가 싶은 란시스였다.

안개성을 보자마자 성문을 녹여 버리고 마장기를 소환해 포를 조준한 저 외국인 대공자도 미친놈이었지만.

그런 미친놈을 이렇게 융숭하게 대접하고 있는 파올라 후작도 정상처럼 느껴지진 않았다.

포크와 나이프를 내려놓은 루인이 고아하게 입을 닦으며 입을 열었다.

"이곳에 에다드 포그라는 자가 있다던데."

란시스가 포크를 떨어뜨리며 루인을 바라본다.

아니, 아무런 사전 예고도 없이 이렇게 직설적으로?

"에다드⋯⋯?"

포그(Fog)는 랑베르그가의 서자들의 성.

파올라 후작이 자신의 식사를 돕던 집사를 바라본다.

"에다드 님은 프렐리아 님의 소생이십니다."

그제야 기억이 난다는 듯, 파올라 후작이 루인을 바라보며 활짝 웃었다.

"기억에 있는 아이군. 그래, 르마델의 대공자께서 내 아들 녀석에게 관심을 보이는 이유는?"

"당신의 배를 빌리겠다. 그리고 그 배의 선장으로 그가 필요하지."

"⋯⋯내 함선을?"

고개를 푹 숙이는 란시스.

도대체 랑베르그가의 함선을 빌리겠다는 녀석이 뭐가 저렇게 당당한 거지?

안 빌려주면 한 대 치겠구나 아주.

"대가가 필요하다면 어떤 형태로든 지불하지. 하지만 이 일을 르마델과의 외교 문제로 삼지는 않았으면 하는데."

"비공식적인 요청이란 뜻이로군."

뭔 뒷골목 건달처럼 무식하게 요구하는 루인 녀석이나, 그걸 또 정확히 핵심을 짚어 가며 받아먹는 파올라 후작이나…….

오히려 높은 사람들의 대화일수록 아이들의 대화 같다는데 지금이 바로 그런 식의 대화일까?

란시스가 긴장하며 생도들을 바라보자.

그들은 이미 이런 일에 익숙한 듯 신경도 쓰지 않으며 식사를 즐기고 있었다.

동료들의 반응으로 미뤄 보아 저 루인이 원래 이런 인간이라는 것을 파악할 수 있었다.

"얼마를 줄 텐가?"

"돈?"

파올라 후작이 정말로 돈을 요구할지는 예상하지 못했는지 루인은 의외라는 반응을 보이고 있었다.

하이베른가의 대공자를 상대로 물질적인 것을 보상으로 요구하는 건 안개성주의 명성답지 않은 행동.

내륙에 진출하는 것이 국가의 목표인 웨자일의 귀족이라면 대공가와의 끈을 끝까지 유지하고 싶을 터였다.

이렇게 일회성 거래로 끝내 버릴 거라면 이런 식사 자리도 필요가 없는 것이다.

파올라 후작이 웃었다.

"오해는 말게. 나는 다만 르마델의 대공자가 내 함선의 가치를 얼마나 쳐줄 건지 그게 궁금할 따름이니까."

루인이 마주 웃었다.

"교묘하군. 그 계산에 당신 아들의 가치는 왜 포함시키지 않는 거지?"

"아들은 내 재산이 아니기 때문이지. 그를 만나 선장으로 삼건 원수가 되건 그건 그대의 운명에 맡길 일이지 내가 챙길 몫은 아니지 않은가."

"호."

놀랍게도 파올라 후작은 에다드가 자신의 아들이라고 해서 멋대로 협상의 저울질에 올리는 멍청한 짓은 하지 않았다.

확실히 평범한 귀족은 아니었다.

"난 배를 모른다. 또한 베르그트리의 가치도 아직 잘 모르지. 당연히 난 당신의 함선을 금으로 측정할 수가 없다."

"상관없이 말해 보게. 내가 역제시를 즐기는 편이 아니라서."

말없이 생도들을 바라보는 루인.

"그럼 말할 것도 없지. 측정 불가. 그래도 군이 환산한다면 내가 가진 모든 재산으로 당신의 함선을 구입하겠다."

함선의 가치를 모른다면 자신과 동료들의 목숨을 가치로 환산한다.

바다 위에선 자신과 동료들의 목숨이 오직 함선에 달려 있기 때문이다.

한편 파올라 후작은 진심으로 놀란 얼굴을 하고 있었다.

"놀랍군."

루인이 왜 저런 대답을 했는지 파올라 후작은 물어보지 않아도 알 수 있었다.

배를, 함선을 그렇게 소중하고 중요하게 생각하는 사람은 이 웨자일 랜드에도 드물었다.

오히려 웨자일의 뱃사람들보다도 배의 가치를 더욱 정확하고 현명하게 알아보고 있는 것이다.

파올라 후작이 흡족한 듯 웃고 있었다.

르마델의 대공자가 자신에게 그만한 가치를 지불할 용의가 있다면 더 망설이는 것이 우스운 일.

"그렇다면 나는 르마델의 지혜로 보답받고 싶네."

비로소 루인이 여유로운 미소를 되찾았다.

마장기를 드러낸 시점부터 이것만큼은 예상하고 있었으니까.

그러나.

"불가. 설사 내가 마장기의 제작법을 전수한다고 해도 당신의 왕국은 마장기를 제작할 역량이 없다."

알려진 바에 의하면, 웨자일 왕국은 마탑을 융성하지 않았다.

나라의 규모가 워낙 작아서 마탑을 유지할 만한 국력이 안되는 것이다.

함대 전력이 중심인 웨자일의 입장에서는 마법사 한 명을 양성하는 것보다 화포 백 문을 사는 것이 훨씬 효율적이었던 것.

"마장기의 제작법만 확보할 수 있다면 마탑이야 세우면 그만이네."

"……."

파올라 후작에게 처음으로 실망하는 루인.

어처구니없게도 그는 마법에 대해 너무 무지했다.

마장기는 본체의 도면이나 강마력 엔진의 술식 도해만 있다고 해서 제작할 수 있는 것이 아니었다.

그것을 이론적으로 이해하고 구체화시킬 수 있는 마도 공학적 지식이 반드시 필요한 것이다.

그런 지식적 기반이 하나도 없이 제작을 시작한다면 아까운 마정석만 수도 없이 날려 가며 실패만 거듭할 것이다.

웨자일 랜드는 그런 천문학적인 재원 낭비를 감당할 수 있는 국가가 아니었다.

"너무 쉽게 생각하는군. 당신의 주장은 베르그트리 나무만 있다면 아이들이 함선을 만들 수 있다는 말과 같다. 마법이 그리 간단한 학문처럼 보이는가?"

그것은 마도의 외길을 걷고 있는 대마도사의 자긍심.

"설사 마장기를 제작하는 데 성공한다고 해도 구동할 라이더, '오너 매지션'은 또 어디서 구할 거지?"

"오너 매지션?"

"함선으로 치면 선장이다."

"으음......"

파올라 후작이 깊은 신음성을 삼키고 있을 때.

"없었던 일로 하지."

단칼에 일어나는 루인을 파올라 후작이 다급히 붙잡았다.

"이거 내가 실수했군. 정중하게 사과하겠네."

자신의 함선을 더없는 가치로 존중해 준 인물에게 큰 실례를 범했다는 것을 뒤늦게 깨달은 것.

마법사인 그에게 자신의 말이 얼마나 무례하게 들렸을지는 뻔한 것이었다.

"정히 원한다면 본국의 현자를 한 달간 파견하지. 그의 노하우에 따라 당신의 왕국에 마탑이 세워지는 것을 본 후에 지혜의 이전을 검토하겠다."

"저, 정말인가?"

피식.

"마탑의 설립을 만만하게 보지 마. 파올라 후작."

묘하게 웃고 있던 루인이 이내 란시스를 쳐다본다.

"우리 미래의 선장님은 지금쯤 어디에 있을까?"

갑작스런 질문에 란시스가 어색하게 웃었다.

"음…… 아마도 홍등가?"

원래라면 루인 일행은 서자들의 축제이자 정기 모임인 '바오만트 축원제'까지 기다릴 예정이었다.

하지만 안개성주는 자신의 아들에게 상해를 가한 루인에게 별다른 문제를 삼지 않았다.

오히려 루인에게 후한 입장을 보이며 협상까지 일사천리로 끝마쳐 버렸으니 더 이상 서자들의 축제까지 기다릴 필요가 없어진 것이었다.

"성 내부에 홍등가가 있다는 건가?"

"항구가 있는 요새들 대부분은 그렇지."

란시스의 대답에 루인이 인상을 찌푸렸다.

뱃사람들이 개방적이란 건 익히 들어 알고 있었지만 그래도 그렇지 어떻게 후작가의 성 내부에 홍등가를 허락한단 말인가?

생도들 역시 웨자일 랜드의 개방적인 문화에 적응하기 힘든 건 마찬가지였다.

"어이가 없군. 성내에 시도 때도 없이 질병이 창궐해도 상관없다는 건가."

시론의 무심한 음성에 묘하게 입매를 비트는 란시스.

"우리 웨자일의 남자들은 너희 내륙의 사내들보다 훨씬 튼튼하다."

"별로 그렇게 보이진 않는데."

"닥쳐라!"

자꾸만 생도들에게 주도권을 빼앗기는 것이 불쾌했던 란시스는 횡하니 앞서가더니 이내 외성 밖으로 사라졌다.

루인은 굳이 그런 란시스를 막지 않았다.

"다들 고생했다. 그동안의 여독도 풀고, 나 역시 잠시 생각을 정리할 시간이 필요하니 이틀 정도만 여관에서 쉬자."

루인의 말에 다프네가 환하게 웃다가 되물었다.

"그런데 왜 성주님의 호의를 거절한 거예요?"

루인은 근사한 별장을 내어 주겠다는 파올라 후작의 제안을 거부했다.

질 좋은 식사와 제법 화기애애한 분위기로 대접받은 것을 고려한다면 생도들은 그런 루인의 행동을 이해할 수 없었다.

"내 성격의 특성이라고 해 두지."

자신의 공간이 아닌, 다른 장소를 신뢰하지 못하는 전생의 후유증.

수많은 암살 시도와 사념의 침범을 방비해야 했기에 루인은 자신의 공간을 철저하게 검증하여 안전을 확보한 후에야 편히 쉴 수 있었다.

파올라 후작이 호의를 베푼 건 사실이지만 세월로 검증되지 않는 이상 아직은 신뢰할 수는 없었다.

〈누가 오고 있어요.〉

내성의 출구 쪽에서 빠른 걸음으로 다가오는 인물이 있었다.

그가 가까이 올수록 생도들의 얼굴엔 점차 당황한 감정이 드러났다.

"브라한……?"

"벌써 다 나았나?"

붉은 머리칼을 휘날리며 다가오는 인물은 분명 파올라 후작의 아들, 브라한이었다.

한데, 화상에 의한 상처들이 온데간데없었다.

얼굴은 물론이고 상체와 목 전체를 감싸고 있던 흉측한 상처들이 깨끗하게 사라진 것이다.

〈뭔가 조금 달라요.〉

루이즈의 말에 루인의 눈빛도 침잠하게 가라앉았다.

확실히 뭔가 달라졌다.

가장 이질적인 것은 눈빛.

강렬한 의지와 기세를 발산하고 있는 그의 눈빛은 아예 다른 사람처럼 느껴질 정도였다.

어느덧 지근거리까지 다가온 그가 우두커니 멈춰 선 채로 루인을 노려보고 있었다.

"너냐? 브라한을 그 몰골로 만들어 놓은 놈이?"

"응?"

말하는 투로 보아 그는 브라한이 아니었다.

결국 일의 전후를 깨달은 루인이 씁쓸하게 웃고 있었다.

"역시 그랬군."

브라한과 쌍둥이처럼 닮은 파올라 후작의 진정한 후계자.

란시스가 오해했던 바로 그 인물, 이 강렬한 인상의 청년은 파올라 후작의 진짜 큰아들인 '제디앙 랑베르그'인 것이다.

조금 더 자세히 살펴보니 정말 브라한과는 완벽히 다른 사람이었다.

눈빛에서 드러나는 강렬한 의지, 제법 무거운 위압감과 날카롭고 차가운 어투.

문득 루인은 파올라 후작에게서 세월의 풍상을 덜어 낸다면 딱 이런 모습일 거라는 생각이 들었다.

파올라 후작이 왜 이 큰아들을 신뢰하는지를 곧바로 느낄 수 있을 정도.

젊은 나이에 이 정도로 군주의 위엄을 갖춘 아들이라면 후작의 기쁨은 당연한 것이었다.

"네놈이 르마델의 대공가든 마장기의 주인이든 나는 상관하지 않는다. 네놈은 이 성을 나가는 즉시 나의 적이 될 것이다. 내 선단이 해천(海天)을 누비는 한, 네놈은 협해 어디에서도 무사하지 못할 것이다."

호흡 하나, 눈빛 한 점 흔들림 없이 죽일 듯이 루인을 노려보고 있는 제디앙.

"난 안개성주의 초청을 받은 랑베르그가의 정식 손님일 텐데."

"아버지의 뜻이지 내 뜻은 아니다."

호기는 좋았지만 철부지였다.

이 바보 같은 놈은 대공가의 무게를 모르거나 애써 무시하고 있었다.

그것도 아니면 마장기에 대해서 극히 제한적인 정보만을 접했거나.

좋은 인재인 건 분명했지만 아직 세상을 더 겪어야 할 녀석이었다.

"그런 각오라면 나 같으면 벌써 결투를 신청했겠군."

"……"

하지만 제디앙은 여전히 죽일 듯이 노려만 볼 뿐, 루인의 도발에 별다른 반응을 하지 못했다.

피식.

"하지만 넌 못하겠지. 안개성주의 이름으로 초청된 손님들에게 결투로 시비를 건다는 건 가율이 허락한 행동이 아니거든. 그래서 내가 성 밖으로 나가면 운운했을 것이고. 그게 너의 한계지."

저벅.

한 걸음 나아가며 제디앙과 더욱 시선을 밀착시킨 루인이 예의 희미하게 웃었다.

"랑베르그가의 안개성, 랑베르그가의 선단, 랑베르그가의 재물…… 너의 모든 것들이 랑베르그가의 권위 아래 속해 있으면서 뭐? 아버지와는 다른 내 뜻?"

순간 극도로 차갑게 변하는 루인의 두 눈.

"이렇게 랑베르그가의 아들로 나타나 허술하게 도발하는 행위는 가장 멍청한 선택이었다. 차라리 암암리에 정보를 모으고 나라는 인물의 특징과 성향을 파악했어야 했다. 하이베른이 동원할 수 있는 병력은 얼마인지, 르마델 왕실에서의 영향력은 어느 정도인지, 최후까지 함께할 귀족들과 봉신가는 얼마나 되는지, 보다 치밀하고 꼼꼼하게 확인했어야 했다."

"……."

"한데 넌 굳이 내 앞에 나타나 이렇게 대비할 시간을 주는 선택을 했군. 난 이제 안개성의 1공자가 독단적으로 움직일 수 있는 선단의 규모를 확인할 것이다. 함대의 특성상 항구에 정박할 수밖에 없으니 다양한 정찰 마법으로 손쉽게 할 수 있는 일이지."

"가, 감히……!"

"포는 몇 문인지, 화약은 얼마나 실리는지, 식량 보급 현황, 작전 계획, 훈련 상태, 지휘관들의 전투 성향, 주요 선원들의 개인사…… 확인할 수 있는 정보가 있다면 모조리 파악할 것이다. 틈이 보인다면 첩자를 심거나 주요 인물들을 회유할 수도 있겠지. 그런 내가 싸울 결심을 했을 때—"

루인이 다시 살기를 떨치며 웃었다.

"이길 수는 있을 것 같나?"

제디앙은 자신도 모르게 뒷걸음질 치고 말았다.

이게 말이 되나?

분명 자신보다 훨씬 어려 보이는 소년이다.

단지 말 몇 마디만 들었을 뿐인데도 초대형 해적 함대를 마주한 것보다 더한 압박감이 밀려왔던 것.

이건 마치 탈인간급처럼 느껴지는 몇몇 고등위 선장들을 마주하고 있는 기분이었다.

동생을 무참하게 불로 지진 놈이라 지극히 잔인하고 단순 무식한 줄로만 생각했는데 이건 정말 의외였다.

"어째서 그랬지?"

"브라한?"

루인의 입가가 더욱 진한 살기로 꿈틀거렸다.

"사람의 신체를 훼손하는 광경을 즐기는 가학 성애자. 비명 소리에 쾌감을 느끼는 전형적인 변태 새끼지. 나와 동료들은 형틀에 묶여 있었고 네 동생 놈은 유리벽 너머에서 그 광경을 지켜보고 있었다. 설명이 더 필요하나?"

"……뭐?"

피식.

"랑베르그가의 부유한 재물로 네 동생 놈이 얼마나 많은 생명들을 희롱해 왔을지를 생각하면 답이 나올 텐데? 놈이 그런 참혹한 영혼을 지니고 있다면 그 훈육은 랑베르그가의 의무가 아닌가? 오히려 내가 네 짐을 덜어 준 것 같은데? 나도 동생들이 있는 입장이라서 말이지."

"……"

제디앙은 진득히 입술을 깨문 채 아무런 대답도 하지 못했다.

동생이 가학적인 성향을 지녔다는 것은 알고 있었다. 그러나 설마 그런 저열한 유희를 즐기고 있을 줄은 상상도 하지 못했다.

제디앙이 분노로 얼굴을 일그러뜨렸다.

"그렇다고 해도 웨자일의 법으로 단죄해야 할 일! 무슨 법적 근거로 브라한을 불로 지진 거지? 네놈에게 웨자일의 귀족을 즉결 처분할 권한이라도 있다는 건가?"

"아, 그건 미안하군. 그런 인간 말종이 눈앞에 있는데 굳이 참는 성격은 아니라서."

"말을 가려서 해라! 르마델의 귀족! 여긴 웨자일의 협해! 랑베르그가의 안개성이다!"

순간 루인의 융합 마력이 촘촘하게 얽히기 시작한다.

츠츠츠츠츠-

"이봐, 안개성의 1공자. 불과 한나절 전에 그 잘난 안개성을 지키기 위해 그대의 아버지가 무슨 짓까지 했는지를 다시 상기해야 할 것이다."

"놈!"

제디앙의 투기가 그대로 혈주투계를 운용하던 루인과 부딪쳤다.

귀청이 찢어질 듯한 굉음이 삽시간에 안개성을 집어삼켰다.

콰아아아아앙!

생도들이 급히 마력 실드를 두르며 뒤로 물러났다.

살갗이 저릿할 정도의 맹렬한 충격파가 사방으로 몰아친 탓이었다.

검붉은 혈주(血珠)의 기운에 둘러싸인 채로 루인이 한껏 호기심이 치민 얼굴로 고개를 들었다.

"호오."

순수한 투기의 질과 양만을 따진다면 적어도 데인보다 두 배는 더 강했다.

왕국의 검술 천재라고 불리며 급격하게 성장하고 있는 데 인보다도 최소한 한 단계 혹은 두 단계는 위에 서 있는 검술의 고수.

선상 검술이 유파의 대부분을 차지하고 있는, 어떻게 보면 검술의 후진국이라 할 수 있는 웨자일의 환경에서는 정말 대단한 경지가 아닐 수 없었다.

한편, 제디앙은 제디앙대로 충격을 받아 버렸다.

"어, 어떻게……?"

비록 실전이 아니라고 해도 그것은 자신의 전력이었다.

한데 그런 자신의 검술을 무슨 소꿉장난처럼 쉽게 떨쳐 낸 것.

"방금 그게 뭐였지?"

그저 가볍게 막고 피했을 뿐, 루인의 입장에서 거창한 건 아무것도 없었다.

"뭘?"

제디앙은 멍하게 자신의 어깨를 훑고 지나간 힘의 흔적을 좇고 있었다.

회전하는 물결 모양의 충격파.

살짝 스친 것만으로도 강력한 투기로 보호받고 있던 자신의 어깨가 모조리 박살 났다.

급히 뒤로 빠지면서 응급 처치를 하지 않았더라면 아마 평생을 불구로 살게 되었을지도 몰랐다.

"어, 어떻게 이런 식의 힘의 발현이 가능한 거지?"

혈주투계의 전사력(轉絲力).

르마델의 수호자, 드베이안마저 당혹하게 만든 불가사의한 힘.

이 무투술의 정체가 마계로부터 전해 내려오는 잔인한 비기라는 걸 알게 된다면 제디앙은 진심으로 까무러쳤을지도 모른다.

"또 한 번 증명되는군. 그대의 허술함이."

악마처럼 얼굴을 일그러뜨리며 입술을 깨무는 제디앙.

"상대에 대한 아무런 정보도 없이 주먹부터 뻗었으니 어깨 한쪽이 박살 나는 정도는 감당해야지. 그게 세상이다. 랑베르그가의 1공자."

무심히 서 있던 루인이 융합 마력을 흩어 내며 뒷짐을 졌다.

천천히 걸음을 옮기는 루인의 뒷모습을 여전히 제디앙은 죽일 듯이 노려보고 있었다.

"맥주 좋아하나?"

"……."

멀리서 그 모든 광경을 빠짐없이 지켜보고 있던 파올라 후작.

그는 르마델의 대공자를 따라가는 아들을 바라보며 씁쓸하게 입맛을 다시고 있었다.

베나스 대륙.

그 풍요로운 대지에는 늘 영웅이 태어났다.

오늘 제디앙은 그런 영웅의 단면을 느꼈을 것이다.

하지만 파올라 후작은 1공자의 성장을 믿었다.

저 대공자와 나란한, 협해의 영웅으로 거듭나리란 것을 믿어 의심치 않았다.

제디앙 랑베르그.

그는 파올라 후작의 모든 것이었다.

Chapter. 65

안개성 내부의 펍 거리는 한산했다.

협해로 항해를 나간 선단 중 절반 이상이 복귀하지 않았고, 게다가 곧 우기가 닥칠 예정이라 새로운 항해를 준비하는 배들이 적었기 때문.

이맘때쯤엔 거의 모든 선원들이 고향으로 돌아가 휴가를 즐기고 있었고, 그들이 돌아오는 건 적어도 두 달이 지난 후였다.

생도들이 각자의 여관방으로 흩어졌을 때 루인은 대충 짐만 풀고는 곧바로 밖으로 나왔다.

이미 제디앙을 알아본 몇몇 선원들이 우렁차게 경례 따위를 하며 난리도 아니었다.

"충! 랑베르그가의 해천에 영광을!"

"충! 안개성의 순혈, 제디앙 랑베르그 님을 뵙습니다!"

갖은 아부와 혹은 존경.

그렇게 유난스러운 경례 세례 속에서도 제디앙의 두 눈은 흔들림 없이 루인에게 고정되어 있었다.

루인은 그런 제디앙이 마음에 들었다.

선원들의 호들갑에 고무되어 득의양양한 표정으로 자신을 바라볼 법한데도 그의 눈빛엔 오직 적개심만 가득했으니까.

적어도 가문의 권위에 도취되거나 편승하기만 하는 철없는 귀족 녀석은 아닌 것이다.

그때, 여관에서 막 짐을 풀고 걸어 나온 란시스가 제디앙을 발견하고는 당황해하고 있었다.

"제디앙 랑베르그……?"

파올라 후작의 진짜 큰아들 제디앙이라는 걸 그 역시 단숨에 알아본 것.

란시스를 발견한 제디앙도 다소 놀란 표정으로 굳어졌다.

"란시스 왕자님?"

왕자들의 성년식을 축하하기 위한 파티.

그때 보았던 란시스 왕자의 그 모습 그대로였다.

이내 제디앙이 란시스에게 급히 다가가더니 정중하게 한쪽 무릎을 꿇었다.

"생환을 경하드립니다."

"일어나! 뭐 하는 짓이야!"

안개성주의 후계자가 무릎을 꿇어 대니 벌써 주변 사람들이 수군거리며 동요하고 있었다.

아직은 자신의 생환을 왕실에 알리고 싶지 않은 란시스로서는 그야말로 기함할 일.

루인이 제디앙의 목을 잡더니 우악스럽게 위로 들어 올렸다.

"상대가 받아들이지 않을 예라면 거두는 것 또한 예의다."

"무, 무슨 짓이냐!"

"란시스가 싫다잖아."

"난 왕실에 충성을 맹세한 웨자일의 후작가로서…… 우웅! 우우웅? 아으앙?"

문득 제디앙의 목소리가 묘한 공명음을 내며 왜곡되고 있었다.

자신의 목에서 괴상한 음성이 새어 나오자 제디앙은 혼비백산하고 있었다.

"으우앙? 아으아아앙! 우아아아아앙!"

란시스가 멍한 표정으로 루인을 돌아봤다.

"그에게 무슨 짓을 한 거지?"

"디스토션(Distortion)."

"뭐?"

"대부분의 자연적 속성을 왜곡할 수 있는 주문이지. 지금은 녀석의 목소리가 지닌 음파와 음역대를 왜곡했다."

"아니 꼭 그렇게까지……."

누가 들어도 애교가 넘치는 앙증맞은 목소리.

굳이 그런 식으로 왜곡해서 그의 마음에 상처를 줄 필요는 없는 것이다.

"딱 어울리는데? 이제야 제법 애송이다운 목소리군."

그제야 이 기현상이 모두 루인에 의해 벌어진 일이라는 것을 깨달은 제디앙.

버젓이 살아 있는 사람의 목소리를 조작할 수 있는 마법이란 들어 보지도 못했다.

그렇게 대마도사의 고위 마법을 처음 경험한 제디앙은 오한이 치밀어 오를 정도로 두려움에 떨고 있었다.

"저기 펍이 있군."

인적이 드문 곳에 위치한 펍.

루인이 펍에 들어가자 란시스와 제디앙이 서로 어색한 눈짓을 주고받더니 이내 그를 뒤따랐다.

루인은 종업원이 가져온 맥주를 한 모금 들이켜더니 그 이색적인 맛에 놀란 얼굴을 했다.

"뭘로 만든 맥주지?"

"바오만트 맥주다."

바오만트.

밀보다는 보리에 더 가까운 웨자일 랜드의 자생 품종.

놀랍게도 그 맛은 알싸하게 매운맛이었다. 게다가 끝맛에는 청아한 박하향이 맴돌았다.

도저히 어울리지 않는 맛의 조합이었지만 루인은 특유의 이국적인 맛이 제법 마음에 들었다.

"대단한 매력을 지닌 작물이군. 조금만 품종을 개량한다면 베나스 대륙에도 팔리겠는데."

"으아앙! 앙! 아아앙! 흐이이잉! 후에에엥!"

극도로 험상궂은 얼굴.

대충 해석하자면 '우리 웨자일 랜드의 신성한 작물이다! 네놈들에게 나눠 줄 바오만트 따윈 없다!' 뭐 그런 뜻 같았다.

란시스가 그런 제디앙을 안쓰럽게 쳐다보았다.

"이제 그만 저 저주를 풀어 주면 안 되냐? 그래도 명색이 후작가의……."

피식 웃던 루인이 화제를 돌린다.

"에다드 포그는?"

나직이 한숨을 쉬며 말을 잇는 란시스.

"성에 있을 줄 알았는데 아직 복귀 전이더군. 원래라면 도착해도 벌써 도착했어야 하는데 아직인 걸 보면 뭔가 대단한 거라도 발견한 모양이다."

"대단한 것?"

"새로운 항로나 섬 등, 지도에 갱신될 만한 모든 발견이겠지.

그 중요도에 따라 등급이 매겨진다."

탐험의 나라, 웨자일.

최초로 무한해를 건너 동쪽 대륙을 발견한 크슈누 제독은 그 공로와 명성으로 웨자일의 랜드의 초대 국왕이 되었다.

안개성의 서자들이 새로운 대륙이라도 발견하는 날엔 이 왕국의 권력이 재편될 수도 있는 것이다.

그만큼 웨자일은 모험가 정신을 최고로 대우하는 국가였다.

"그럼 그가 언제 성에 도착할지 기약할 수 없겠군."

"될 수 있으면 축제 전까진 도착하려 하겠지만 항해란 게 마음먹은 대로만 되는 건 아니니까. 특히 곧 우기야. 빌어먹을 역풍으로 바뀐다고."

항해에서 순풍과 역풍의 차이는 하늘과 땅만큼이나 크다.

에다드 포그가 역풍 항해에 돌입했다면 안개성에서 더 기다리는 건 무의미했다.

"그냥 다른 선장들을 알아보는 게 빠를 거다. 비록 에다드 포그가 최고지만 다른 노련한 선장들도 많으니까."

특유의 무심한 루인의 눈빛이 란시스에게 향했다.

"그가 돌아오지 못할 수도 있음을 가정하는 건가?"

대답 대신 란시스가 루인에게 건넨 건 묘한 웃음이었다.

"생각도 하지 못한 질문이군. 뭐 대답해 주지."

어느덧 란시스의 얼굴엔 경외의 감정이 떠올라 있었다.

"그가 배 위에서 죽는다는 건 나로선 상상할 수 없는 일이다. 내가 경험한 최고의 선장이거든. 농담이 아니라 한때 크슈누 초대 국왕님의 환생이 아닐까 생각했었으니까. 무력, 항해술, 판단력과 대범함, 특유의 담력, 적재적소에 인재를 분배하는 용인술, 위기 돌파 능력…… 마치 인간이 함양할 수 있는 거의 모든 능력을 한계치까지 끌어올린 괴물 같은 느낌이 들더군. 그래. 너 같았다."

"나……?"

루인이 더욱 호기심 어린 얼굴로 의자를 당겨 앉자 란시스가 다시 웃었다.

"왜 그런 기분 있잖아? 분명 나와 같은 사람인데 도저히 사람이 아닌 것 같은 느낌."

"호."

"만약 그에게 달랑 탐험선 한 척이 아닌 제대로 된 선단이 있었다면 협해에는 더 이상 해적 따윈 존재할 수 없을 것 같군."

"함대전에 능한가?"

"재능의 우열을 판단하는 건 무의미하다니까? 그는 모든 면에서 완벽(完璧)이다. 그가 해내지 못한 임무가 있다면 그건 해천의 신이 와도 못해."

란시스는 일국의 왕자.

웨자일 왕국에서 가장 뛰어난 재능과 지혜를 지닌 대신들에게 둘러싸여 있었다는 뜻.

그런 녀석이 저렇게까지 사람을 고평가한다는 건 결코 가볍게 넘길 사안이 아니었다.

더욱이 그 평가의 기준이 대마도사인 자신이었다.

만 년 이상을 살아온 대마도사의 궤적.

그 치열한 흔적과 비슷한 결을 풍기는 재능이라니?

스스로 금칠하는 것 같아서 뭣하지만 자신은 악제 이외에는 경쟁자라 여길 만한 상대를 이번 생에서 한 번도 만나 보지 못했다.

르마델의 수호자, 드베이안 공이 가장 근접해 있었지만 그역시 군단장급에 비할 수는 없었다.

"그렇게 말하니 더욱 만나고 싶군."

루인은 현재의 그가 위험에 처해 있다는 것을 직감적으로 인지하고 있었다. 설사 지금이 아니더라도 그는 언제고 다시 위험에 처할 것이었다.

왜냐고?

자신이 알고 있는 미래에는 에다드 포그라는 이름이 세상에 알려지지 않았으니까.

해천의 영웅, 란시스 발러가 경외심을 담아 칭송하는 인물.

그런 엄청난 인물이 살아 있었다면 역사 속에 이름을 남기지 못했을 리가 없었다.

그때.

"아이아앙! 하앙! 하으으웅!"

자리에서 벌떡 일어나며 란시스를 노려보고 있는 제디앙.

디스토션에 의해 여전히 앙증맞은 목소리로 왜곡되어 있었지만 루인은 그가 무슨 말을 하고 있는지를 쉽게 유추할 수 있었다.

자존심이 상한 듯한 눈빛.

분명 에다드 포그를 향한 란시스의 평가를 인정하지 못하는 눈치였다.

"우우웅! 카아아앙! 씨아아앙!"

발톱을 드러낸 맹수처럼 불같은 야성을 발산하고 있는 제디앙.

"대, 대체 뭐라는 거야?"

"본인은 너에게 그런 평가를 받은 적이 없으니 아마도 인정할 수 없다는 거겠지. 서자 따위와 비교되는 것도 수치스러울 텐데 넌 비교를 한 것도 아니잖아?"

"비교란 것도 급이 맞아야 해. 물론 1공자도 대단한 재능을 지닌 함장이지만 녀석은 규격 외의 인간이야."

"으아아아앙!"

콰아앙!

탁자가 거칠게 흔들리며 애꿎은 맥주만 사방으로 튀었다.

제디앙의 두 눈이 불꽃처럼 열정적으로 타오르고 있었다.

"하아, 답답해. 이제 그만 저 빌어먹을 저주 마법 좀 풀지?"

"다시 왕자님 운운해도 상관없다는 건가?"

"넌 내가 웨자일의 왕자라는 걸 알고도……."

란시스가 말을 말자는 듯이 고개를 절레절레 젓고 있을 때.

루인이 염동력을 일으켜 제디앙의 입을 감싸고 있던 디스토션을 해제했다.

"으아앙! 아앙! 쿠와아아아앙…… 저는 결코 인정할 수 없습니다! 저조차 들어 보지 못한 서자 녀석을 크슈누 대제님과 비교하다니요!"

란시스는 쓸쓸하게 웃고 있었다.

저 제디앙이 에다드 포그를 모른다는 건 에다드가 한 번도 혈족 회의나 축제에서 자신의 재능을 드러낸 적이 없었기 때문.

자신의 몸속에 흐르고 있는 랑베르그가의 피를 그는 저주하고 있었다.

안개성의 서자들이라면 모두 한 번쯤은 겪는 아픔이었다.

"놈이 항해할 수 있는 곳이라면 저 또한 가능합니다! 놈이 대적 가능한 해적이라면 그 역시 물리칠 수 있습니다! 지금까지 이 제디앙의 함대는 단 한 번도 임무에 실패한 적이 없습니다!"

루인이 그런 제디앙을 물끄러미 응시했다.

"무한해를 탐험할 수 있나?"

"무, 물론이다! 르마델의 이방인!"

얼떨결에 대답하긴 했지만 마치 머리 전체가 차갑게 식어 가는 기분이었다.

무한해(無限海)라니?

그곳은 탐험 자체가 불가능한, 거의 모든 장소가 불가사의 에 휩싸인 미지의 해역.

몇몇 명성 높은 선장들이 호기롭게 탐험을 시도했지만, 그 들 중에서 살아 돌아온 자는 일부에 지나지 않았다.

더욱이 돌아오더라도 거의 난파선으로 되돌아오거나, 넋 이 나간 사람처럼 정신적인 폐인이 되어서야 겨우 돌아올 수 있었다.

이제는 무한해를 탐험하는 자들을 아무도 영웅으로 떠받 들지 않았다.

오히려 무모한 자, 공명심에 먹혀 버린 자로 낙인찍혀 웃음 거리로 전락할 뿐.

"나는 함께 무한해를 탐험할 선장을 구하고 있다."

"……."

점차 이성이 되돌아오고 있는 제디앙.

정말로 무한해를 탐험하겠다는 루인의 말에 제디앙이 침 을 꿀꺽 삼켰다.

"아무런 지원도 없이 당신 단독으로?"

워낙 먼 항해 거리, 게다가 생환도 불투명했기에 무한해를 탐험하려는 선단은 대부분 최대한의 물자를 싣고 떠난다.

당연히 무한해를 탐험하거나 건너려는 자들은 대부분 해당 국가의 지원을 받았다.

왕실의 지원 없이는 그 비용을 조달하기가 힘들었던 것.

"당신에게 6개월 이상의 상비 물자를 모두 실을 만한 돈이 있나?"

최소 6척의 배로 구성되는 탐험 선단.

그 거대한 규모의 선창을 모두 꽉 채우는 일은 랑베르그가 로서도 쉽지가 않은 일이었다.

지이이이잉-

순간, 허공을 찢으며 나타난 금덩어리.

그렇게 루인은 헬라게아에서 꺼낸 금괴를 흔들며 웃고 있었다.

"세상에서 나보다 많은 금을 보유하고 있는 사람을 찾기란 아마 쉽지 않을 거야."

함장의 자질 중 가장 우선시되는 자질이 무엇일까?

그건 바로 인재를 적재적소에 배치하는 자질이다.

그러므로 제디앙은 항해술을 배우기도 전에 사람을 파악하는 법부터 먼저 배웠다.

교만한 자, 어리석은 자, 욕망에 눈이 먼 자.

반대로 성실하고 착한 자, 정의로운 자, 자신만의 가치를 추구하는 자.

물론 굳이 사람을 파악하는 법을 배우지 않아도, 누구나 살다 보면 자신만의 기준점이 잡힐 것이다.

하지만 오늘에 이르러서야 제디앙은 그런 자신만의 기준점이 와르르 무너지는 기분이 들었다.

"여기 있는 걸 모두 사지."

루인의 어깨를 잡는 란시스.

"이, 이봐! 지금은 가장 비쌀 때라고! 우기가 끝나면 최소한 절반 이하로 싸질 거야! 차라리 그때……!"

"비켜."

"……."

저 외국인 역시 귀족이다.

귀족은 절대로 손해 보는 짓을 하지 않는 법.

한데도 저 루인이라는 자는 이 시기에 외성의 곡물 창고를 통째로 사 버렸다. 단 한 번의 흥정조차 없이.

평소 시세의 4배라는 막대한 이득을 벌어들인 길드장이 연신 싱글벙글 웃고 있었다.

"당장 팔겠습니다! 계산은 어떻게?"

지이이이잉-

이내 벌어진 공간의 틈에서 쏟아져 내리는 막대한 양의 금괴.

"헛!"

"지금 하지."

"무, 물건은 어디로?"

"아직 배를 인도받지 못했으니 일단 안개성의 하역장으로. 우기에 썩으면 곤란하니 임시 야적장과 관리자가 필요한데."

"당연히 저희 길드에서 관리인을 차출하겠습니다! 야적장 역시 저희가 알아보겠습니다! 다만 추가금이……."

우르르르르-

"추, 충분합니다!"

우기(雨期).

어떤 국가든 우기 전엔 물가가 미쳐 날뛰게 마련이고, 특히나 이곳은 웨자일 랜드, 즉 섬나라였다.

잦은 폭풍우로 협해의 바닷길이 막히는 시기였기에 내륙의 물자를 수입할 길이 없는 것이다.

당연히 이 시기에는 어떤 선장도 선창에 보급품을 채우려 들지 않는다.

그런 비수기에 저 르마델의 귀족이 미친 듯이 돈을 쓰고 있는 것이다.

"또 뭐가 필요하다고 했지?"

루인의 물음에 퉁명스레 대답하는 란시스.

"물과 라임, 소금, 술 그리고 건조된 육류다."

"구입할 수 있는 곳은?"

길드장이 급하게 끼어든다.

"그, 그 물품들 역시 저희 길드에서 모두 제공해 드리면 안 되겠습니까?"

"당신은 곡물만 취급하는 걸로 알고 왔는데."

"돈이 되는 일에 품목을 가리는 상인이란 없습니다! 시간을 조금만 주신다면 저희 길드가 모두 제공해 드리겠습니다!"

"사흘 주지."

"예……?"

"곡물과 함께."

말도 안 되는 요구였지만 길드장은 고민 한 번 하지 않고 미친 듯이 고개를 끄덕이고 있었다.

이런 엄청난 호구를 만나는 일은 그의 평생에 다시없을 기회일 테니까.

"준비하겠습니다!"

길드장이 바람처럼 사라지자 제디앙이 이해할 수 없다는 듯한 눈빛으로 루인을 바라본다.

분명 지금까지의 대화로 미뤄 볼 때, 저 루인이라는 외국의 귀족은 무서울 정도로 치밀하고 냉정한 판단력의 소유자였다.

살면서 그만한 압박감은 아버지에게서도 느껴 보지 못한 것이었으니까.

그렇게나 철두철미한 성격의 소유자가 아무런 사전 계획이나 조사도 없이 시세의 4배에 이르는 보급품들을 흥정 한 번 없이 무작정 사들인다?

차라리 멍청한 인물이었다면 비웃기라도 할 텐데.

오히려 다른 꿍꿍이가 있는 건 아닌지 계속 의심만 갔다.

저 작은 머리에 무슨 생각으로 꽉 차 있을지 이제는 짐작도 되지 않았다.

"이제 남은 건 사람이군. 추천할 만한 다른 선장이 있나?"

란시스가 미리 생각해 둔 후보를 말했다.

"당장 생각나는 건 리얀센이나 히오덴, 아니면 데브게일 선장 정도군. 그들 모두 랑베르그가의 서자들 중에서 명성이 대단한 탐험가들이지."

"제가 하겠습니다."

"응?"

란시스가 제디앙을 쳐다봤다.

"그대가?"

"제 앞에서 계속 서자들의 명성을 운운하는 건 제 자존심을 자극하기 위함이 아니었습니까?"

"그런 건 아닌데……."

끼어드는 루인.

"당신의 함대는 탐험에 맞지 않을 텐데?"

랑베르그가가 보유하고 있는 배라면 틀림없이 해적 섬멸

을 위한 함대전에 최적화된 전함일 터.

전함(Battleship)은 두꺼운 무장과 거대한 함포들로 인해 흘수선(Waterline:선체가 잠기는 한계선)의 여유가 없었다.

일반적인 범선에 비해 보급품을 절반도 싣지 못하는 것이다.

란시스도 어색하게 웃었다.

"전함이 무한해를 탐험했다는 소리는 들어 보지 못했는데."

"무장을 덜어 내고 마스트를 손보면 종범선으로 개조할 수 있습니다."

"잉? 종범선은 소형 범선에서나 유리한 구조가 아닌가?"

"어쩔 수 없습니다. 지금 항해에 나간다면 역풍입니다."

그도 그렇다는 듯이 란시스가 고개를 끄덕였다.

역풍에 유리한 종범선이 아니라면 지금 시기에 항해를 나가는 것은 애초에 어려웠다.

하지만 루인의 입장에서 문제는 역시 시간.

거대한 전함들을 종범선으로 개조하는 건, 정비창의 인력들을 모두 갈아 넣는다고 해도 몇 주는 소요되는 대작업이었다.

"거절한다. 이번 항행은 당신의 함대와는 맞지 않아."

"흥! 시간을 걱정하는 거겠지. 그 문제라면 걱정 마라."

"방법이 있나?"

"함대를 모두 개조할 필요는 없다! 두 척 정도만 개조해서 보급선으로 활용한다면 일반 범선 선단의 임무를 운용할 수 있으니까! 더욱이 사략선의 공격에 취약한 범선 선단보다는 보다 안전하지!"

듣고 보니 제법 일리가 있었다.

긴 항행을 유지하는 탐험선의 유일한 단점이 보급을 많이 싣기 때문에 무장이 빈약하다는 것이었다.

때문에 대부분의 탐험선들은 사략선과의 조우 시 빠른 도주를 선택했다.

그러나 속도를 낼 수 없는 종범선의 특성상 지금은 그런 도주도 쉬운 것이 아니었다.

무한해로 가는 길에 해적을 만나지 않는다는 보장이 없는 것이다.

한데 루인의 입에서 의외의 말이 흘러나왔다.

"전함들도 개조해. 갑판과 측면의 외부 장갑들을 모두 떼어 내도록. 함포 역시 필요 없다."

"뭐?"

함포 없는 전함이 있을 수가 있나?

그럼 함대전을 무슨 수로?

란시스가 물었다.

"1공자의 함대를 모두 범선으로 개조하겠다는 거야?"

"갑판을 모두 비운다. 아, 지휘관들도 필요가 없겠군. 함교

역시 없애도 좋다. 내가 원하는 건 깔끔하고 평평한 갑판이다."

"아니 아무런 설명도 없이 대체 무슨 말이냐고 그게!"

이내 의문을 드러내는 제디앙.

"흘수선이 너무 여유로울 텐데? 그럼 내 전함 7척 모두를 보급으로 채우나?"

"아니. 3척만 보급선으로 운용한다."

"뭐……?"

이토록 함선에 대해 무지할 수가 있다니!

배에 있어서 적당한 흘수선을 유지하는 것은 생존과 직결되는 사안이었다.

너무 가볍다면 거센 풍랑과 파도, 폭풍우 속에서 견뎌 내지 못하는 것이다.

"그런데 아무래도 이번 일은 안개성주의 허락이 필요한 일인 것 같은데?"

"그, 그건……!"

묘하게 웃고 있는 루인의 얼굴을 보고 있자니 제디앙은 가슴속에서 뭔가가 욱하고 치밀어 올랐다.

"나는 함장이다! 이 제디앙이 결정한 일에 번복은 없다!"

"그래? 그럼 이제 남은 건 협상인가."

극도로 위험한 무한해의 해역을 탐험하는 일.

게다가 7척의 전함으로 구성된 대형 함대였다.

물론 루인은 돈을 아낄 생각이 없었다.

한데.

"보급, 그리고 탐험 기간 동안 선원들의 급료만 해결해 준다면 다른 보상은 필요 없다."

란시스가 두 눈을 동그랗게 떴다.

"1공자, 이건 목숨을 걸어야 하는 항해인데."

"상관없습니다. 단, 조건이 있습니다."

"조건?"

"무한해를 통과하는 것에 성공한다면 동쪽 대륙을 기항지로 하는 것에 찬성해 주셔야 합니다."

"……거길 가겠다고?"

동쪽 대륙.

베나스 대륙의 머나먼 동쪽에 위치한 그 신비한 대륙의 국가들은 지극히 배타적이고 폐쇄적이었다.

그 거대한 알칸 제국에서도 몇 번이나 사절을 보냈지만 모두 무사히 생환하지 못했을 정도.

소문으로는 알칸 제국보다 더욱 강한 국력을 지닌 국가도 존재한다고 알려져 있었다.

"반대한다."

루인을 향해 휙 하고 돌아보는 제디앙.

"……왜지?"

"무슨 생각인지는 모르겠지만 거긴 무한해보다도 더 위험해."

지난 생의 경험.

동쪽 대륙은 마(魔)의 대지, 그 자체다.

그곳에 사는 인간들은 베나스 대륙과는 완전히 다른 인식과 문화를 지니고 있었고 그들의 가치관 역시 극도로 잔인하다.

아직도 철저한 부족 사회로 살아가는 그들은 오직 전쟁을 통해 삶의 가치를 증명한다.

베나스 대륙의 지식인들이 국가라고 인식하고 있는 집단이 사실은 거대한 부족 사회인 것이다.

"그럼 협상은 없다. 이 조건이 관철되지 않는다면 나는 빠지겠다."

란시스가 끼어든다.

"왜지? 동쪽 대륙의 인간들이 어떤 괴물들인지는 1공자 당신도 잘 알고 있지 않나?"

동쪽 대륙에서 살아가는 인간들이 악제에 의해 어떻게 멸망했는지는 루인도 자세히 알지 못했다.

다만 예상할 수 있는 건 악제가 베나스 대륙을 정복하는 것보다 훨씬 더한 어려움을 겪었을 거라는 점이었다.

루인이 예상하는 동쪽 대륙의 역량은 베나스 대륙보단 확실히 위였다.

그곳은 무신(武神) 료칸의 땅이었다.

"왕자님께서 무한해를 탐험하려는 목적을 밝히신다면 저도

제 사정을 말하겠습니다."

"어, 그건……."

루인이 차갑게 자신을 노려보자 란시스는 더 말을 이어 갈
수 없었다.

루인의 입장에서 더 이상은 테아마라스의 유적에 대한 일
을 떠벌리고 다니는 건 위험했다.

이미 자신은 웨자일 왕국에서 하이베른가의 대공자로 활
동하고 있었고, 언젠가 이 동선은 까마귀들에게 노출될 것이
뻔하기 때문.

"……."

"……."

"……."

촘촘하게 얽히고 있는 세 사람의 시선.

제디앙 역시 동쪽 대륙의 기사가 달랑 검(劍) 하나로 웨자
일의 함대를 박살 낸 전설적인 일화를 모르지 않았다.

동쪽 대륙에 그런 괴물이 얼마나 더 있는지 알 수는 없었다.

하지만 언제고 가야만 했다.

랑베르그가의 혈족이라면 가문이 잃어버린 것을 되찾아
영광을 재현해야 했다.

그들에게 빼앗긴 것을 되찾을 수만 있다면 안개성은, 아니
웨자일 왕국은 기어코 대륙에 진출할 수 있을 것이다.

"좋다. 허락하지."

당황한 눈빛으로 루인을 바라보는 란시스.

"응? 거길 같이 가겠다고?"

"단, 우리의 목적지가 먼저다. 우리가 임무를 모두 마칠 때까지 함대는 정박 대기한다."

"와 씨."

막상 루인이 뜻을 세우자 란시스는 가슴이 두근거렸다.

무한해로 이어지는 항해, 테아마라스의 유적 탐험, 거기에 그 위험한 동쪽 대륙을 기항지로 삼겠다니…….

웨자일의 역사를 모두 돌이켜 봐도 이만한 스케일의 항해는 전무후무한 사건이었다.

"개조는 언제 끝낼 수 있지?"

"보름. 보름 안에 끝내 보이겠다."

"좋다. 그 비용 역시 모두 내가 부담하지."

제디앙이 강렬한 눈빛으로 돌아섰다.

"정말 함포와 함교, 외부 장갑을 모두 제거해야 하나?"

"물론. 최대한 깔끔하게 비워."

루인의 머릿속에 무슨 생각이 들어 있는지는 알 수 없었다.

하지만 내내 루인에게 묘한 마력을 느끼고 있던 제디앙은 끝내 이 도박 같은 일에 동참하고 말았다.

"명심해. 홀수선이 10큐빗 이상 해수면 위로 올라와 있으면 어떤 폭풍우도 견디지 못할 거다."

루인이 웃었다.

"보름이다. 제디앙."

◆ ◈ ◆

모든 정비창들이 정신없이 분주했다.

안개성의 정비창이 가용 인력을 모두 동원한 건 웨자일의
백 년 내전 이후 처음.

게다가 그 정비 내용도 전함의 수리가 아니라 전함을 일반
범선으로 개조하는 작업이었기에 안개성의 모든 혈족들이
당황해하며 지켜보고 있었다.

범선을 전함으로 개조하는 건 들어 봤어도 애써 값비싼 무
장을 뜯어내는 일은 처음이었기 때문.

특히나 함포는 발사 충격을 견디기 위해 갑판에 굉장히 단
단히 결착되어 있어서 한 번 뜯어내면 손상된 갑판을 복구할
길이 없었다.

다시 함포를 장착하려면 갑판을 모조리 교체하는 리빌드
수준의 개조가 선행되어야 하는 것이다.

더 황당한 것은 이런 어처구니없는 일에 직접 허가서를 내
준 사람이 안개성주 당사자라는 것.

1공자야 아직 혈기가 마르지 않은 청년이라지만 그 냉정한
파올라 후작이 허가서를 내 줬다는 건 정말 믿을 수 없는 일

이었다.

그는 자신의 아들이라고 해서 결코 칭얼거림을 상대해 줄
사람이 아니었다.

정비창 앞.

업무가 끝난 후 정비창을 구경하는 것이 이제는 하루 일과
처럼 되어 버린 안개성 사람들.

멀리서 그 모습을 물끄러미 바라보고 있던 루인에게로 파
올라 후작이 다가왔다.

"오늘 오후면 모든 개조가 끝날 것 같군."

루인이 희미하게 웃으며 대공가의 예로 그를 맞이했다.

"정말로 보름 안에 해낼 줄은 몰랐는데."

"놀랐는가?"

"배를 잘 모르는 내가 보기에도 대단할 정도로. 수리공들
의 숙련도가 정말 말도 안 되는 수준이군."

"그게 안개성이네."

루인은 고개를 끄덕이며 그의 자부심을 인정했다.

최고의 함대는 최고의 정비창에서 나온다는 웨자일 랜드
의 격언을 그는 누구보다도 실천하고 있는 자였다.

"언제 떠날 예정인가?"

"내일."

눈살을 찌푸리는 파올라 후작.

"그 많은 보급품을 모두 보급선에 싣는 데만 해도 사흘은

걸릴 텐데?"

루인은 말없이 웃고 있었다.

파올라 후작이 그런 루인에게 놀아나기 싫다는 듯 시선을 외면했다.

"그래. 물어보는 게 뭔 의미가 있겠나. 당신 같은 자의 입에서 나온 말이라면 그대로 이뤄지겠지."

"그렇게 될 거야."

이번에는 루인의 의문이 이어졌다.

"나도 궁금한 게 있는데."

"뭔가?"

"왜 허락한 거지? 간단한 결심은 아닐 텐데."

랑베르그가의 1공자가 보유한 함대는 안개성 입장에서도 간단한 전력은 아니었다.

만약 이번 출정이 돌이킬 수 없는 결과로 이어진다면 협해의 해적들로부터 왕국을 지키는 데 분명한 차질이 생길 정도로.

해적들로부터 항로를 지켜 내지 못한다면 베나스 대륙과의 무역이 끊기게 된다. 왕국의 생존과도 직결되는 사안인 것이다.

"목숨을 걸더군."

"제디앙?"

파올라 후작이 웃고 있었다.

"입은 거짓을 말할 수 있어도 사람의 눈만큼은 거짓을 꾸며 낼 수 없지. 나는 녀석의 진심을 읽었네. 아들을 죽일 순 없었지."

"단순히 그것뿐인가?"

"그것뿐이겠는가?"

파올라 후작이 저 멀리 안개성의 망루에서 펄럭이고 있는 랑베르그가의 가문기를 바라보고 있었다.

"이 일로 랑베르그가는 또 한 번 도약할 것이네."

"그건 또 무슨 종류의 확신이지?"

대답 대신 파올라 후작이 꺼낸 것은 작은 스크롤이었다.

"현자급 마도사로 추정, 기수 쟁탈 대초인기사전 승리, 왕립 무투대회 우승, 1왕자 아라혼 계파의 주도적인 인물, 마정 광산 개발…… 너무 많아서 읽기가 힘들군."

루인의 표정이 딱딱해졌다.

안개성에 도착한 지 고작 이십여 일.

놀랍게도 파올라 후작은 그 짧은 시간에 자신에 대한 정보를 저만큼이나 모은 것이다.

"가장 놀라운 건 그대의 모든 행위에 따른 결과값이네."

"……."

"무서울 정도로 치밀한 계산이더군. 렌시아가가 주도하던 권력의 판도를 파괴하고 재정립해 버린 것 말이네. 수호자를 자신의 편으로 끌어들여 렌시아계의 반대파가 자생하기를 유도하고 1왕자 아라혼에게 야망을 불어넣었더군. 게다가 렌 시아가에게 가장 뼈아픈 중부부터 복속시켰고 야금야금 그들의 봉신가를 회유했지. 현재는 마정 광산에서 캐낸 마정들을 암시장에 대량으로 유통하여 기존의 질서를 깨 버렸더군."

루인이 얼굴이 더없이 차가워져 있었다.

"많이도 심어 두었군."

"이해하게. 언제고 대륙에 진출하는 것이 꿈인 웨자일이 아닌가."

르마델이 유일하게 경계하지 않는 국가 웨자일 왕국.

알칸 제국이 워낙 드센 것도 있었지만 무엇보다 섬나라였기에 마음을 놓고 있던 것은 사실이었다.

그래서 항구를 개방해 주었고 이제는 오랜 무역 관계로 꽤 친밀해진 상태.

한데 그런 웨자일조차 이만큼 농밀한 정보를 모으고 있다는 건 분명 가슴이 서늘해지는 일이었다.

웨자일이 이 정도라면 적대적인 관계인 알칸 제국은 대체 얼마나 자세하게 파악하고 있을까?

게다가 더 놀라운 건 저 마법 스크롤이었다.

마법 스크롤에 얽혀 있는 마력의 결.

그것은 분명 르마델 마탑 특유의 전송 술식흔(術式痕)이었다.

"이거, 내가 웨자일을 너무 얕봤군. 첩자를 입탑 마법사까지 성장시킬 정도일 줄이야."

파올라 후작은 은은하게 웃기만 할 뿐 대답이 없었다.

루인은 문득 마탑은 세우면 그만이라는 그의 말이 떠올랐다.

단순한 무지의 결과가 아니라 파올라 후작, 아니 웨자일은 그만한 자신감이 있었던 것이다.

"우리 거래를 잊지 말게."

웨자일에 제대로 마탑이 세워진다면 루인은 마장기의 설계도와 강마력 엔진의 도해를 주겠다고 약속했었다.

루인이 웃었다.

"항해에서 돌아오면 그렇게 하지."

루인은 희열에 물든 채로 격동하고 있는 파올라 후작을 담담히 바라보고 있었다.

이 작은 섬나라 역시 치열하게 미래를 준비하고 있었다.

루인은 기꺼웠다.

사람이든, 부족이든, 국가든……

인류가 강해지면 강해질수록 악제에겐 압박감일 테니까.

그런 루인의 흡족한 표정에서 파올라 후작은 더없는 이질감을 느꼈다.

웨자일이 무수한 첩자를 운용하여 정보전을 펼쳐 왔다는 것을 드러냈음에도 정작 이 르마델의 대공자는 별다른 악의 없이 자신을 대하고 있는 것이다.

'…….'

파올라 후작은 보고서를 살피면서 결코 파악할 수 없었던 것이 하나 있었다.

목적성.

사람은 욕망의 노예다.

그 치열한 욕망의 굴레에서 벗어날 수 있는 인간이란 존재할 수 없었다.

한데 이 하이베른가의 대공자라는 인물은 추구하는 목적성, 즉 그 욕망이 희미했다.

그가 보여 준 능력이라면 충분히 왕실과 귀족들을 압박하고 자신의 권력을 드높일 수 있음에도 그는 그렇게 하지 않았다.

그렇다고 가문의 영화를 꿈꾼다?

그렇게 치밀한 자가 애써 개발한 광산의 마정을 시장에 헐값으로 내놓을 수 있는가?

충분히 유통량을 조절하여 막대한 이익을 얻을 수 있음에도 하이베른가는 지금 정신 나간 짓을 하고 있었다.

게다가 그의 마장기.

알칸 제국마저 압박할 수 있는 규모의 마장기들을 아공간에 품고 있으면서도 그는 고작 대공자의 위치에 만족하고 있었다.

그는 정복자, 아니 충분히 왕의 삶까지 꿈꿀 수 있는 자였다.

저토록 태연하게 마장기의 비전을 웨자일 왕국에게 전해 주겠다는 이유.

파올라 후작은 그 이유가 읽히지 않았다.

그의 욕망은 과연 어디에 닿아 있는 것일까?

그때, 저 멀리서 피곤에 찌든 제디앙이 다가오고 있었다.

아버지에게 정중하게 예법을 올린 그가 이내 루인을 응시했다.

"문제가 있다."

"무슨 문제?"

제디앙이 개조가 끝나 가고 있는 함선들을 눈짓으로 가리켰다.

"보급선을 따로 운용한다면 정기적으로 다른 배에 보급을 조달하며 항해해야 한다. 정상적인 환경이라면 함선끼리 연결하여 보급이 가능할 테지만 알다시피 이 시기에 잔잔한 파도는 흔하지 않아."

"흐음."

"기후 조건이 열악한 경우, 근해에 정박한 후에 보급을 나누어야 하는데…… 무한해 일대는 어떤 항구도 없다."

루인이 계속 침묵하고만 있자 제디앙은 열이 오른 듯 다시 침을 튀기며 말했다.

"게다가 보급선과 다른 종범선의 흘수선이 너무 차이가 나! 당신 말대로 개조하긴 했지만 이대로 항해를 나갔다간 선단의 속도를 맞출 수 없다! 보급선 3척만 뒤떨어질 게 너무 뻔해! 대체 무슨 생각인 거지?"

루인이 웃었다.

"잡아."

루인이 내민 손을 인상을 찌푸리며 쳐다보는 제디앙.

"무슨 수작이지?"

"내게 해답을 바라는 것 아니었나?"

"……."

지이이이잉-

예의 공간이 찢어지며 흉측한 괴물의 꼬리를 꺼내 든 루인.

제디앙이 검붉은 피가 뚝뚝 떨어지고 있는 혼돈마의 꼬리를 멍하니 바라보고 있었다.

"그, 그게 뭐지?"

"변변치 못한 짐승의 꼬리지."

마계의 절대 마수, 혼돈마가 고작 변변치 못한 짐승이 되어 버린 그 순간.

파아아아앙-

제디앙이 갑자기 느껴지는 상상할 수 없는 풍압에 기겁하며 비명을 지르고 있었다.

"으으윽! 뭐, 뭐야 이게!"

주위를 살펴보니 한창 개조 작업 중인 종범선의 갑판 위가
아닌가?

　제디앙이 저 멀리 깨알처럼 변해 버린 아버지를 멍청하게
바라보고 있었다.

　"아니……."

　이 기분을 대체 뭐라고 표현해야 할까?

　"음. 직접 보니 훨씬 넓군."

　너른 갑판을 바라보며 흡족한 듯 웃고 있는 루인.

　과연 자신의 요구대로 갑판 위에 아무것도 남겨 놓지 않은
것이다.

　이어 루인은 갑판 위를 걸으며 이리저리 주위를 살피고 있
었다.

　뭔가 눈대중으로 살피는 모습.

　바로 그때, 흉측한 괴물의 꼬리가 나왔던 예의 그 아공간이
또다시 허공에 현신했다.

　츠츠츠츠츠츠-

　기다랗게 찢어지는 공간의 틈.

　광활한 마력의 파장과 함께 미끄러지듯 천천히 하강하고
있는 거대한 동체.

　노을빛에 부서지는 잔란한 마력포.

　함포와는 비교도 할 수 없는 그 거대한 포신에 제디앙은 입
을 다물 수 없었다.

기우뚱!

마력포가 갑판에 안착하자 순식간에 종범선의 흘수선이 한계까지 잠기며 갑판 전체가 출렁였다.

"저, 저게 뭐야!"

"으아악!"

"밧줄을 붙잡아!"

마장기(魔裝機).

그 찬란하고 거대한 위용 앞에서 제디앙은 선 채로 전율했다.

말 그대로 압도되어 버린 상황.

갑판이 비스듬하게 기울어 있는 모습을 확인한 루인이 광활한 염동력을 일으켜 중력 역전 마법을 시전했다.

구구구구구-

쿵!

구구구구구구-

쿵!

마장기의 위치를 미세하게 조정하고 있는 대마도사.

몇 번의 조정을 끝마친 그가 이내 다시 수인을 맺는다.

화아아아악!

루인의 두 손에서 새하얀 빛의 파동이 흘러나온다.

너울거리며 춤을 추던 융합 마력은 그대로 바닥에 촘촘한 마력회로를 그리며 도식화(圖式化)를 시작한다.

츠츠츠츠츠-

천천히 완성되어 가고 있는 마법진.

제디앙이 갑판 위에 은은하게 발광하고 있는 마법진을 홀린 듯이 쳐다보며 말했다.

"이, 이게 뭐지?"

루인이 수인을 회수하며 염동력을 제어했다.

"중규모 공간 이동진이다. 한 번에 대략 5천 파운드 정도의 화물을 연계 좌표로 이동시킬 수 있지."

"연계 좌표……?"

루인이 보급선으로 개조되어 출항을 기다리고 있는 함선들을 눈짓으로 가리켰다.

"보급선에도 똑같은 마법진이 새겨질 거다."

두 눈을 동그랗게 뜨고 있는 제디앙.

"공간 이동 마법 한 번이면 순식간에 보급을 끝마칠 수 있지."

"……미, 미친!"

경악한 얼굴로 루인을 바라보던 제디앙이 이번엔 거대한 마장기를 쳐다보았다.

"이 괴물 같은 쇳덩이는 왜 굳이……?"

"글쎄. 이걸 보고도 덤비는 해적이 있을까 궁금하기도 하고. 뭐 또……."

피식.

"우리 애들이 편하게 여행하는 것도 좀 그렇고."

"애들……?"

훌륭하게 동조화를 끌어올린 생도들이었지만 아직은 부족했다.

생도들은 안개성의 성문 앞에서 마력포를 장전한 것만으로 환호성을 질렀다.

그만큼 성공하는 것이 기뻤다는 뜻.

즉, 그 말은 실패도 잦다는 뜻이었다.

다시 손을 내미는 루인.

"다음 배로 갈까?"

설마 이 무식한 쇳덩이들을 모든 함선에 소환하겠다고?

하지만 정말 이게 끝일까?

마법(魔法).

그 미지의 힘이 함대를 어떻게 바꿔 놓을지 이제 그 시작일 뿐이었다.

제디앙은 이 함대를 자신의 함대라 착각하고 있었지만.

엄밀히 말해 이 함대는 대마도사의 함대였다.

◆ ◈ ◆

랑베르그가의 선대 가주 케일라스가 저 멀리 수평선과 나란해진 함대를 바라보고 있었다.

"가주, 과연 저걸 함선이라 할 수 있소?"

파올라 후작이 쓴웃음을 머금었다.

"저도 모르겠습니다."

이 먼 거리에서도 선명하게 보이는 거대한 마력포.

그건 마치 전함이 아니라 그저 마장기를 운반하는 화물선 같았다.

"……아버지는 어떻게 생각하십니까?"

아들이 친근하게 자신을 부르자 케일라스는 웃으며 후작가의 예법을 풀었다.

"꽤 큰 도박을 했구나."

"……함대 말입니까?"

"함대 따윈 재건하면 그만이다."

조금은 어두워진 케일라스의 얼굴.

"네 덕분에 팔자 좋게 손자들을 많이 봤지. 하지만 변변찮은 녀석들이 대부분이다. 제디앙이 돌아오지 않는다면 대안은 있는 것이냐?"

"……."

자손이 많다는 것이 꼭 장점만 있는 것은 아니었다.

파올라 후작의 아들딸들이 삼십여 명을 넘어가자 그들에게 일일이 스승을 붙여 교육하는 일이 버거워졌다.

때문에 랑베르그가는 선택과 집중을 해야 했고, 특혜를 받은 자식들과 그렇지 못한 자식들 간에 일종의 계급 같은 것이 생겨 버렸다.

그 폐단은 꽤 심각했는데, 3년 전에는 사랑하는 하멜과 부르노가 실종되었다.

제디앙에 비견되는 재능을 지닌 아이들이라 지금도 파올라 후작은 그 일만 생각하면 가슴이 저며 왔다.

다들 입을 다물고 있지만 그 일이 사고가 아니라는 건 혈족들 모두가 알고 있었다.

"네 성격상 모자라는 자식에게 작위를 물려주진 않겠지. 그 마음에 미련과 아쉬움이 쌓일수록 결국 포그 녀석들에게 마음이 쏠릴 것이다. 자식들에게 그 마음을 들킨다면 랑베르그가는 내분이다. 알고 있지 않느냐?"

포그(Fog)성의 서자들.

오히려 제대로 교육받지 못한 채 거칠게 바다에서 나고 자란 녀석들의 재능이 직계보다 월등했다.

특히 에다드 포그.

하이베른가의 대공자에겐 짐짓 모른 척했었지만 파올라 후작이 가장 주시하고 있는 아이였다.

"에다드가 복귀하면 내 별장으로 보내라."

순간 날카로운 눈으로 아버지를 응시하는 파올라 후작.

"불길한 말씀 마십시오."

"네 도박이 성공해서 우리 랑베르그가 르마델의 마장기를 움켜쥐면 더없이 좋은 일이겠지."

"······."

"하지만 파올라. 해천(海天)의 변덕을 안다면 함부로 자신하지 마라. 가주라면 늘 대안을 생각해야 한다."

"아버지."

"제디앙이 돌아오지 못한다면 다시 말하지만 에다드 그 녀석이 유일하다. 녀석을 제외한다면 랑베르그가를 이끌 만한 재목은 이 가문에 없다."

파올라 후작은 마음이 침울해졌다.

함부로 확신을 일삼지 않는 아버지가 저런 말씀을 하신다는 것은 이미 완벽히 마음을 굳혔다는 뜻.

하지만 가주로서 그 일은 쉽게 결정할 수가 없었다.

서자에게 직계성을 하사하는 것으로도 모자라 작위까지 물려준다면 직계 아이들은 정말로 반란을 획책할지도 몰랐다.

다시 시선을 옮겨 노을에 부서지는 해수면을 차갑게 응시하는 파올라 후작.

제디앙이 최선이었다.

제디앙은 반드시 돌아와야 했다.

그는 오히려 에다드가 돌아오지 않기를 바라고 있었다.

지금으로선 하이베른가의 대공자를 믿어 볼 수밖에 없었다.

Chapter. 66

종범선으로 역풍 항해를 경험하는 건 제디앙과 란시스에 게도 처음 있는 일.

때문에 마스트를 살피는 그들의 눈빛에는 긴장이 역력했다.

강한 역풍에 의해 모든 돛들이 만곡의 한계점까지 휘어져 있었고, 팽팽하게 당겨진 돛밧줄들도 연신 툭툭 하고 비명을 지르고 있었다.

베르그트리로 만늘어진 미스트가 아니었다면 강력한 역풍을 견디지 못하고 벌써 부러졌을 것이었다.

루인이 란시스를 불러 세웠다.

"아직도 순항은 멀었나?"

"이봐. 우리 모두가 종범선을 경험해 보지 못했다고. 배를 신뢰하는 마음은 그렇게 단숨에 생기는 것이 아니야. 그런데—"

란시스가 각자의 함선 갑판 위에서 연신 마장기의 마력포를 달구고 있는 생도들을 눈짓으로 가리켰다.

"저 짓을 언제까지 계속할 거야? 너무 신경 쓰이는데."

무한해에 진입하기 전까지 각자의 동조율을 한계까지 끌어올리는 것이 루인이 생도들에게 내려 준 임무.

당연히 루인은 이 좋은 수련의 기회를 포기할 리가 없었다.

"항행 내내 유지할 거다. 키나 잡아."

"앗!"

이 시기의 역풍이 무서운 것은 바람의 방향이 계속 미세하게 바뀐다는 점이었다.

당연히 적절한 시점에 돛을 조절하는 자이빙(Gybing)에 전력을 기울여야 했다.

때문에 마스트의 선원들은 선장의 수신호를 결코 놓쳐선 안 된다.

아니면 지금처럼 키를 움직여 임시적으로 조타를 조정하거나.

"웃차!"

란시스가 키를 조정하자 급하게 수신호를 하는 제디앙.

대기하고 있던 선원들이 일제히 돛줄을 당긴다.

기우뚱 기울어 가던 선미가 그제야 수평을 바로잡았다.

"후⋯⋯."

"살았다!"

이런 아슬아슬한 순간이 벌써 몇 번인지 셀 수도 없었다.

함장 입장에선 그야말로 순간순간이 지옥인 항해.

제디앙이 대열을 유지하고 있는 다른 여섯 척의 함선들을
바라봤다.

다른 선장들도 죽을 맛이겠지만 다행스럽게도 잘 따라와
주고 있었다.

역풍의 변덕을 제외한다면 다른 모든 것들은 순조로웠다.

"속도를 더 낼 순 없나?"

"야!"

크루징을 유지하는 것만으로도 긴장의 끈을 놓을 수 없는
판국에 여기서 더 가속하라니? 진짜 미친놈인가?

란시스가 침을 튀기며 루인에게 일갈했다.

"재잘재잘 방해하지 말고 꺼져! 넌 할 일이 없냐?"

항해사였다면 지도와 나침판을 펼쳤겠지만 루인은 마법
사.

루인이 수인을 뻗자 허공에 미세한 선들이 얽히며 좌표계
가 드러났다.

"근해를 벗어나는 것만 해도 한 세월이군. 이대로라면 무한
해는커녕 협해조차 벗어나지 못하겠는데."

황당한 표정으로 루인을 쳐다보는 란시스.

도대체 저 자식은 항해를 뭐라고 생각하는 거지?

여섯 척 모두 역풍을 견디며 순항하고 있는 것만으로도 대단한 행운이자 실력이었다.

물론 속도를 높이는 게 불가능하진 않았다.

모든 종범선들의 돛 각도를 좁힌다면 바람을 더욱 강하게 받을 수 있을 테니까.

하지만 그랬다간 아무리 베르그트리라도 부러질 터.

망망대해 한복판에서 마스트가 부러지면 모든 게 끝장이었다.

혀를 차며 란시스를 무시하던 루인이 이내 제디앙을 쳐다봤다.

"속도를 높일 방법이 없나?"

"여기서 돛 각도를 더 조인다면 마스트가 부러진다."

"또 다른 건?"

"마스트가 견딘다고 해도 돛이나 돛밧줄이 찢어질 수도 있다."

"그 둘만 해결되면 되는 건가?"

"뭐……?"

이내 수인을 뻗는 루인.

츠츠츠츠-

기묘한 물결 모양의 마력 파동이 마스트 전체에 스며드는

데 걸린 시간은 고작 1분 남짓.

"물질 강화 마법이다. 인장 강도, 최대 하중, 회복력 등 정확히 수치화할 순 없지만 적어도 본래의 다섯 배는 증가했겠지."

란시스가 신비한 푸른빛이 감도는 마스트를 멍하니 바라보고 있었다.

"그러니까, 저 마스트가 지금 네 마법으로 강화되었다는 건가?"

"정확히는 마스트, 돛, 돛밧줄 모두다."

이어 루인이 말없이 제디앙을 응시했다.

한동안 침묵하고 있던 제디앙이 결심한 듯 마스트의 선원들에게 수신호를 펼쳤다.

찢어질 듯이 크게 떠진 란시스의 두 눈.

"35도? 미, 미쳤어?"

강한 역풍을 정면으로 받은 돛들이 일제히 활처럼 휘어진다.

급선회에 버금가는 충격이 함선을 강타했다.

끼이익! 기기기긱!

황급히 두 손으로 키를 움켜쥐는 란시스.

키에 가해지는 저항이 두 배 넘게 치솟았기 때문이었다.

좌아아이이!

얼굴을 스치는 바람의 세기가 달라졌다.

란시스가 믿을 수 없다는 듯한 표정으로 선미의 파랑을

바라보고 있었다.

"이, 이거 20노트도 넘겠는데?"

이 거대한 함선이 흘수가 거의 없다시피 한 소형 보트처럼 나아가고 있었다.

태어나서 이런 무시무시한 속도를 처음 경험하는 건 제디앙도 마찬가지.

와아아아아!

선원들도 놀라서 함성을 지르고 있었다.

그들의 함성 소리를 멍하니 듣고 있던 제디앙이 루인을 다시 쳐다봤다.

"이, 이런 크루징은 처음이다! 배가 견디지 못할 수도 있—"

팟!

벌써 희미한 잔상만을 남기고 사라져 버린 루인.

그가 서 있던 갑판 위에는 선명하고 진득한 핏물이 어지럽게 떨어져 있었다.

"저 녀석, 또 그 꼬리를……."

"어디로! 그가 어디로 간 겁니까?"

피식 웃으며 후방의 대열을 눈짓으로 가리키는 란시스.

"뭘 그런 걸 묻나. 다른 배로 간 거지."

"설마……."

저 멀리 대형을 이루고 있던 함선들의 마스트가 신비한 푸른빛에 차례로 휘감기고 있었다.

"아니! 아직 검증되지도 않았는데!"

"이젠 나도 모르겠다. 그냥 즐기자고 1공자."

그렇게 제디앙이 불안한 눈으로 선수를 응시하며 크루징을 유지한 지 30분여가 지났을 때.

팟!

다시 갑판 위에 나타난 루인이 로브에 묻은 바닷물을 털어내고 있었다.

저 멀리서 들려오는 함성 소리.

우와아아아!

소형 쾌속정보다 더 빠른 속도로 크루징하는 대형 범선.

분명 선원들에겐 평생의 술안주로 남을 만한 대사건이었다.

츠츠츠츠-

허공의 좌표계를 확인하던 루인이 그제야 흡족한 미소를 지어 보였다.

"좋군. 이대로라면 내일쯤 협해를 벗어난다."

제디앙은 자괴감에 몸부림치고 있었다.

저 외국의 마법사가 나타난 이후로 자신이 배우고 경험했던 항해술이 모조리 무용지물이 되어 가는 느낌.

이제 돛밧줄을 조정할 필요도 없었다.

역풍의 강한 저항을 받아 봤자 강력해진 돛과 마스트가 모조리 견뎌 버리니까.

란시스는 벌써 키를 놓고 쉬고 있었다.

"뭐, 차라리 좋네. 역시 대단해. 그 마법이란 거."

그렇게 지나간 다섯 번의 낮과 밤.

드디어 루인의 함대는 협해에서 완벽히 벗어나 무한해의 초입에 진입했다.

그러나 전혀 예상 밖의 상황이 기다리고 있었다.

"대체 이건……."

멍하니 대양을 바라보고 있는 제디앙.

무한해(無限海).

뱃사람들에겐 지옥의 또 다른 이름.

굳어진 란시스의 눈빛에도 황당한 기색이 역력했다.

"……이거였어?"

거대한 대양 전체가 강렬한 태양빛에 반사되어 눈을 뜨기 힘들 정도로 반짝이고 있었다.

마침내 배가 멈춘다.

루인이 잔잔한 물결을 바라보며 웃었다.

"생각지도 못한 난관이군."

무풍지대(無風地帶).

그것은 그야말로 바람 한 점 일렁이지 않는 완벽한 무풍지대였다.

점점 공포로 질려 가는 제디앙의 얼굴.

함장 입장에선 폭풍우보다 더 무서운 것이 바로 무풍이었다.

폭풍우는 필사적으로 키를 잡고 돛을 당기면 살 희망이라도 생기지만 무풍지대는 그야말로 어떤 답도 없었다.

란시스는 문득 궁금증이 생겼다.

"이 무풍지대를 크슈누 대제께선 어떻게 건너신 거지?"

무한해의 넓이는 웨자일 협해의 스무 배 이상.

그 넓은 해역이 모두 무풍지대라면 정말이지 답이 없었다.

루인이 물었다.

"이렇게 바람이 없을 땐 어떻게 하지?"

"뭘 그런 걸 질문하고 그래? 바람이 불 때까지 기다리는 거지."

"계속 안 불면?"

"그럼 더 기다려야지."

슬슬 불안해지기 시작한 루인.

"그래도 안 불면?"

"아마도 다 죽지 않을까?"

"……."

상황의 심각성을 인지한 루인이 서둘러 수인을 맺으며 술식을 구현했다.

원소 탐지 마법.

그중에서도 루인은 풍계(風界) 탐지 마법을 펼쳐 현재 자신의 융합 마력으로 펼칠 수 있는 한계까지 쏘아 보냈다.

291

뻗어 나간 풍계 탐지 마법이 수백 킬로 너머의 해역까지 이르렀을 때 루인의 융합 마력이 완전히 고갈됐다.

"허억! 허억! 없다!"

"뭐, 뭐가?"

루인이 심상의 좌표계를 확인하며 정확히 거리를 수치화했다.

"385킬로미터 이내에 어떤 바람도 탐지되지 않았다!"

"뭐……?"

무한해(無限海).

그 이름이 제디앙의 가슴속에 무저갱처럼 파고들었다.

기후학적인 측면에서 완벽한 무풍(無風)지대란 있을 수 없었다.

수분과 공기 등의 물질들은 기본적으로 순환 구조의 자연 상태를 이루고 있기 때문이다.

비단 물과 바람뿐만 아니라 조금이라도 에너지를 품고 있는 물질들이라면 끝없이 순환하는 것이 섭리였다.

그러므로 순간적으로 바람이 일지 않을 순 있어도 영원한 무풍지대는 성립될 수가 없었다.

하지만 무한해는 일주일, 보름이 지나가도 바람 한 점 일지 않았다.

낮과 밤만이 존재할 뿐, 이건 마치 기후 자체가 존재하지 않는 세계 같았다. 아예 시간이 정지된 것처럼.

그제야 루인은 이 거대한 대양 자체가 작위적인 공간, 즉 마법의 힘으로 통제되고 있는 해역이라는 것을 깨달았다.

그런 결론에 이르렀을 때 루인은 전율하고 말았다.

'대체 어떤 존재가……'

마법사, 마도사, 대마도사, 초월자…….

인간이 아무리 거대한 힘을 얻는다고 해도 이 방대한 구역을 마법으로 통제하는 일은 불가능했다.

자신이 아는 모든 마법의 역사와 체계, 심지어 마신이라 불리는 쟈이로벨조차도 불가능의 영역이었다.

만약 가능하다면 의지만으로 산을 무너뜨리고 바다를 가르는 태초신의 권능을 재현한 것이나 다름없었다.

제디앙의 함선에 모인 생도들이 그런 루인의 예측을 듣고는 하나같이 실성한 듯한 얼굴을 했다.

"말도 안 돼…… 이 무풍이 마법의 힘이라고?"

"가능하다고 해도 누가 그런 짓을 한 거죠?"

"테아마라스?"

생도들의 다양한 반응에 루인이 고개를 흔들었다.

악제의 힘을 누구보다 잘 알고 있는 그였다. 이건 악제에게도 가능한 영역이 아니었다.

"모른다. 태초의 마법사도…… 신의 자손들인 타이탄이나 드래곤들도…… 이 넓은 해역의 기후를 통제하는 건 결코 불가능하다."

〈그럼 신들의 장난이란 말인가요?〉

루인은 문득 그럴 수도 있겠다는 생각이 들었다.

그것조차 아니라면 도저히 설명될 수가 없었으니까.

마법사들의 대화를 진지한 표정으로 관찰하고 있던 란시스가 허탈하게 웃고 있었다.

"이것이 탐험대들이 무한해만 들어갔다 하면 실종되었던 이유라니……."

무한해.

확률을 언급하는 것조차 무의미할 정도로 극악의 생환율.

아케인 발러 왕자의 실종이라는, 웨자일 왕국의 입장에서는 재앙에 가까운 일이 발생했음에도 모든 대신들은 손을 놓고 있었다.

왕실이 그토록 무기력했던 이유를 란시스도 비로소 깨달은 것이다.

"하지만 무한해를 항해할 방법이 없다면 동쪽 대륙의 선단들이 우리 해역에 방문했던 역사는 뭐지? 무한해 너머 동쪽 대륙을 발견하신 크슈누 대제는 또 뭐고?"

란시스의 질문에 루인의 두 눈이 더욱 깊어졌다.

"방법이 없진 않지."

"무슨 방법? 설마 노를 저어서 간다는 그런 바보 같은 소리는 아니겠지?"

노를 젓는 원시적인 항해는 분명한 한계가 있었다.

첫 번째는 속도의 문제요, 두 번째는 불어난 항행 시간에 따른 보급의 문제. 더욱이 노를 젓는 병사들의 건강이 가장 치명적인 문제였다.

"해답은 간단해."

"그게 뭔데?"

루인이 란시스를 바라보며 피식 웃었다.

"그동안 테아마라스의 유적을 탐험했던 주체들이 모두 각국의 마탑들일 수밖에 없었던 근본적인 이유."

"뭐……?"

그런 루인의 반응에 다프네가 끼어들었다.

"저도 생각해 보지 않은 건 아니에요. 하지만 무슨 수로 가능해요? 마법으로 바람을 일으킨다고 해도 그걸 유지할 수 있는 마력이란…… 그건 루인 님조차 불가능해요."

10만 리쿼르 이상을 자랑하는 루인의 융합 마력을 직접 측정한 경험이 있는 다프네.

그런 그녀가 이런 확신을 한다는 건 이미 완벽하게 계산을 끝마쳤다는 뜻이었다.

란시스가 깜짝 놀라며 물었다.

"바람을 일으킬 수 있다고?"

어깨를 으쓱거리는 시론.

"풍계 마법은 나의 특기지."

세베론이 한숨을 내쉬었다.

"그래서 그 풍계 마법을 얼마나 유지할 수 있는데? 10분? 20분? 그 정도론 얼마 가지도 못해."

루인은 웃고 있었다.

전형적인 생도 수준의 시각.

그러나 현자, 아니 대마도사의 시각은 완전히 달랐다.

루인이 수인을 맺자 갖은 도형과 선, 미세 술식들이 허공에서 반짝였다.

우우우웅-

루인의 술식을 살피던 다프네가 홀린 듯이 중얼거렸다.

"물질 포집…… 물질 구속…… 방출…… 확산…… 엥? 이게 무슨 술식이죠?"

입탑 마법사로서 이론서와 술식 공부에 누구보다 자신 있는 다프네였지만 그런 그녀로서도 한 번도 보지 못한 종류의 술식.

"바닷물을 포집하고 물질 구속 술식을 통해 수분을 결정화시킨다. 여기에 확산 술식으로 힘을 주어 타격, 그 충격파로 배가 나아갈 수 있지."

"네……?"

그런 루인의 술식을 곰곰이 계산해 보던 리리아가 끼어들었다.

"약하다. 비록 바닷물을 고체화하여 마찰 충격을 높였지만 이 거대한 배를 움직이기엔 힘이 부족해 보이는데."

그 짧은 시간에 모든 계산을 마친 리리아의 실력에 조금은 놀란 루인.

하지만 루인은 내색하지 않고 무심하게 대답을 이어 나갔다.

"그래서 함선의 선수부에 두를 술식 하나를 추가한다."

츠츠츠츠츠-

미세한 빛살이 겹겹이 겹치면서 더욱 복잡한 술식이 허공에 맺혔다.

"유체 특성상 표면 장력이 존재하기 때문에 마찰 계수를 제로로 만들긴 힘들지. 그래서 저항을 줄이기 위해 관성 파동을 활용한다."

"관성 파동? 그게 유체에서도 가능하나?"

"원래라면 불가능하지. 술식을 자세히 살펴봐라."

지그시 술식을 바라보고 있던 세베론의 두 눈이 동그랗게 떠졌다.

"뭐, 뭐야? 마력의 공급량과 속도가 거의 무한이잖아?"

술식에 공급되는 마력의 양이 말 그대로 터무니없는 수준이었다.

저 정도라면 술식을 시전한 지 채 수 초도 지나지 않아 해제되어 버릴 것이 분명했다.

아니 무식해도 유분수지 배에 관성 파동을 두르기 위해 마나를 무한정 공급하겠다고?

그런 무식한 방법으로 유체의 특성 자체를 없애 버리겠다는 루인의 발상에 다들 할 말을 잃어버리고 말았다.

씨익.

"애초에 첫 번째 술식은 이 술식이 없으면 무의미하지."

"아니 저런 무식한 술식을 누가 유지할 수 있겠냐고!"

순간, 거대한 마장기를 눈짓으로 가리키는 루인.

"이 술식은 마장기에 새길 거다."

"뭐?"

다프네의 표정이 밝아졌다.

"강마력 엔진! 마장기의 동력을 활용하겠다는 거군요!"

"그래."

이내 묘하게 루인을 바라보고 있는 다프네.

"아니 그럼 항행 내내 마장기를……?"

"다른 방법이 있나?"

"마, 맙소사!"

항행 내내 마력 동조율을 한껏 끌어올린 채로 마장기를 운용해야 한다는 것.

점점 생도들의 얼굴이 새파랗게 질려 갔다.

"미친놈이다! 미친놈이 나타났다!"

"차라리 죽여 줘요!"

열정적인(?) 생도들의 반응 속에서 리리아가 무뚝뚝하게 물었다.

"관성 파동 술식은 마장기로 해결했다고 해도 첫 번째 술식은? 너완 달리 우리는 마장기를 운용하면서 동시에 다른 술식까지 유지할 순 없다."

천연덕스럽게 대답하는 루인.

"그 술식은 마법진으로 선미에 새길 거다."

"마, 마법진?"

마법진도 불가능한 건 아니다.

그러나 시전 당시 스며든 마력이 전부 소모되면 해제되어 버리는 것이 마력진의 특성.

가장 강대한 마력을 지닌 루인이 새긴다고 해도 마력진의 유지 시간은 고작 몇 분에 불과할 것이었다.

그 순간 루인이 헬라게아를 소환했다.

루인이 이내 사람의 머리만 한 크기의 마정들을 꺼내 바닥에 차례로 내려놓더니.

츠츠츠츠츠-

강력한 염동력과 융합 마력으로 순시간에 마정석(魔精石)으로 가공시켜 버린다.

이어 루인은 선미로 걸어가 갑판에 마력진을 새긴 후.

마정석을 구동하여 마력진과 연결해 버렸다.

마력진 위에서 희뿌연 빛살이 일어나더니 그대로 쏘아져 바닷물을 결정화시켰고.

곧 강력한 파동과 함께 충격파가 번져 갔다.

콰아아아아앙!

그러나 아직 선수부의 술식을 추가하지 않았기 때문에 배는 미동조차 하지 않았다.

규칙적인 간격으로 계속 들려오는 굉음.

콰아아앙!

콰아아아아앙!

모두 선미를 멍하니 쳐다보고 있을 때.

"계산해 보지 않아 정확하진 않겠지만 이 정도 크기의 마정석이라면 통상적으로 600만 리퀴르 정도의 마력을 함유하고 있지."

이번에도 나서는 계산 천재 리리아.

"사흘 정도는 술식을 유지할 수 있겠군."

"별문제는 아니지. 사흘에 한 번씩 마정석을 갈면 그만이니까."

과연 마정석을 그런 식으로 소모해도 괜찮은 건가?

란시스는 사흘에 한 번씩 마정석을 평범한 돌덩이로 만들어 버리겠다는 루인의 대범함에 기가 질려 버렸다.

"너…… 그 마정이 몇 개나 있길래?"

이어지는 생도들의 다양한 반응.

"그런 질문 매우 무의미해."

"우리도 모르는데."

"무한이라고 보는 게 정확하지 않을까요?"

그 거대한 마장기도 스무 기나 들어 있는 판국.

게다가 종류를 셀 수 없을 정도의 아티펙트들과 엄청난 연금 재료들이 무한으로 쏟아져 나오는 보물 주머니다.

한 명의 마족이 마신에 이르기까지…….

그야말로 수만 년 세월의 총집약체가 바로 헬라게아였다.

"그럼 다녀오지."

이번에도 루인은 진득한 핏물이 뚝뚝 떨어지는 혼돈마의 꼬리와 함께 사라졌다.

저 멀리 보이는 에밀리 선장의 함대.

우뚝 선 마장기의 동체가 새하얀 빛살에 휘감기고 있었다.

마장기가 워낙 큰 탓인지 술식의 기하학적 형태가 멀리서도 선명하게 보였다.

모든 마장기들의 동체에 술식이 새겨지는 데는 채 십 분도 걸리지 않았다.

콰아아앙!

콰아아아앙!

쉴 새 없이 굉음이 들려오는 걸 보니 선미의 마법진들도 모두 설치가 끝난 모양.

루인의 술식을 직접 살펴본 다프네는 그 엄청난 난이도를 잘 알고 있었다.

적어도 마탑의 상층 입탑 마법사 네다섯 명이 반나절은 고생해야 겨우 설치를 끝마칠 수 있을 정도.

한데 무슨 십여 개의 고위 술식과 마법진을 채 30분도 걸리지 않아 모두 설치해 버리니……

당연히 생도들에게는 그 무식한 광경이 오소소한 기괴함으로 다가왔다.

"아무리 봐도 저건 인간이 아니야."

"이제 충분히 현자급 이상이지 않을까요?"

그때, 선원들과 함께 대책 회의를 하고 있던 제디앙이 복귀했다.

"뭐야! 무슨 일이지?"

때맞게 루인이 도착했고.

"각자의 마장기로 돌아가. 동조율을 끌어올려 마장기를 운용하는 즉시 배는 나아간다."

허탈한 한숨을 쉬며 갑판 아래로 터덜터덜 걸어가는 생도들.

공간 이동진의 희뿌연 빛살과 함께 생도들이 사라지자 제디앙이 다시 루인을 쳐다보았다.

"방금 뭐라고 했지?"

"직접 확인해라."

그렇게 갑판 위로 걸어간 루인이 이내 마장기를 운용했고.

콰아아앙!

콰아아아앙!

비로소 천천히 움직이기 시작하는 함선.

제디앙이 기겁하며 달려와 소리쳤다.

"배, 배가 움직인다고? 대체 뭐가 어떻게 돌아가는 거지?"

"처음은 느릴 거다. 하지만 관성이 붙는다면 속도가 어느 정도가 될진 모르겠군. 함선의 무게를 정확히 몰라서. 그리고 돛은 내려라. 마찰 때문에 오히려 속도가 느려지니까."

란시스도 뛰어왔다.

"마장기는 6개뿐이잖아! 마지막 함선은?"

"라이더가 없어서 마장기를 더 소환해도 의미 없어. 어차피 보급선이다. 대기를 명령하도록. 급하면 공간 이동진을 활용하면 되니까."

"거리가 벌어져도 공간 이동진이 작동하나?"

"조금 손본다면."

콰아아아앙!

콰아아아아앙!

점점 속도를 늘려 쾌속하게 나아가고 있는 자신의 함선을 바라보며 할 말을 잃어버린 제디앙.

과연 이걸 함선이라고 말할 수 있을까?

문득 제디앙은 위풍당당하게 마장기를 다루고 있는 루인이 거대해 보였다.

◆ ◈ ◆

폭풍우를 만난 것도 아닌데 마스트가 연신 휘어질 정도로
풍압이 몰아친다.

물론 실제로 폭풍우가 몰아치는 것이 아니라 배가 미친 듯
이 가속되어 일어나는 현상.

물론 그것은 함선의 선수부를 휘감고 있는 희뿌연 광채, 유
체의 물리적 한계를 무시하게 해 주는 관성 파동 술식 덕분이
었다.

콰아아아앙!

콰아아아아앙!

순간적으로 걸쭉하게 변하며 거친 충격파로 사방으로 비
산하고 있는 선미의 바닷물.

란시스는 그 광경을 아연실색한 채로 바라보고 있었다.

이런 식으로도 배가 움직일 수 있다는 생각을 단 한 번도
해 보지 못한 건 제디앙도 마찬가지.

그는 아예 키를 놓아 버렸다.

어차피 돛도 내린 마당.

풍속이나 풍향을 신경 쓰지 않아도 되는, 그야말로 무식한
직선 일변도의 항해였다.

배의 속도가 일정 궤도에 오르자 루인이 마장기의 운용을
중단했다.

이 가속도라면 적어도 한 시간쯤은 거뜬히 항행을 유지할
수 있었다. 물론 속도는 점점 줄어들겠지만.

마장기와의 동조를 유지하는 일은 염동력과 마나를 일정
하게 소모하는 일이었기에 루인도 조금은 탈력감을 느껴야
만 했다.

선단의 후방 대열을 바라보니 이미 지친 생도들도 마나를
모으고 있었는지 거리가 꽤 벌어져 있었다.

루인이 갑판에 앉아 정신을 집중하고 있을 때 란시스가 다
가와 조심스레 물었다.

"어디쯤 온 거지?"

허공에 좌표계를 소환하여 살피더니 이내 고개를 가로젓
는 루인.

"아직 좌표까진 멀었다. 이틀은 더 가야겠군."

워낙 망망대해의 중심이었기에 란시스는 의심스러운 표정
을 하고 있었다.

"네가 가진 그 좌표는 믿음직한 건가?"

루인은 자신에게 좌표를 건네준 마탑주 에기오스를 떠올
렸다.

자신을 내내 불쾌하게 만든 인물이었지만 적어도 이런 중
요한 문제에 대해서 장난칠 위인은 아니었다.

"믿을 수 있다. 믿지 않았다면 내가 움직이는 일 따위도 없었겠지."

루인이 자세를 풀며 란시스를 물끄러미 바라본다.

"왜, 왜 그래?"

"손해를 보는 느낌이군."

"무슨 손해?"

루인의 눈빛이 깊어진다.

"문득 그런 생각이 들더군. 너에 대해서는 아는 것이 별로 없다는. 너는 왜 그렇게 비밀스럽게 굴고 있지?"

"이제 다 알잖아? 웨자일의 왕자란 것도, 아케인 형님을 구하려는 것도."

피식.

"목적이 그게 전부였다면 노예로 가장하는 일 따윈 없었겠지. 네 생환을 알리고 전후 사정을 설명했다면 왕실이 알아서 했을 테니까. 하지만 넌……."

"알고 있다."

"음?"

어두운 감정으로 젖어 가는 란시스의 눈빛.

"국왕께서 모를 리가 없지. 폭풍우에서 살아남은 건 나뿐만이 아니니까."

"너만 생환한 것이 아니었나?"

"포르자."

그 이름을 말하는 란시스가 처연하게 웃고 있었다.

"녀석은 왕궁에 돌아갔지."

포르자 발러는 성년식에 참가한 네 명의 왕자들 중 한 명.

루인은 이해할 수 없다는 눈으로 란시스를 응시했다.

"다른 왕자가 왕궁으로 복귀했다고? 그럼 웨자일 왕실은 왜 그의 생환을 공표하지 않는 거지?"

"날 죽이지 못했으니까."

"뭐?"

"포르자의 생환을 공표한다면 나의 생환 역시 인정해야만 하지. 날 왕족 사칭범으로 몰아갈 절호의 기회를 그들이 포기할 리가 없어."

그 순간 루인은 이 란시스 왕자가 웨자일 왕실의 권력 투쟁에 깊숙이 관련된 인물이라는 것을 깨달았다.

"난 왕당파에 속한 왕자가 아니야. 애초에 폐기될 운명이지. 그들에게 난 거추장스러울 뿐이거든."

후계 구도가 복잡한 왕실에서 흔히 나타나는 그야말로 흔한 이야기.

옹립될 단 한 명의 왕자, 그의 치세 동안 정치적인 안정을 도모하기 위해 나머지 왕자들을 암살하거나 정치적으로 고립시킨다.

그런 너무나도 고전적인 권력 투쟁 방식에 루인은 씁쓸하게 입맛을 다셨다.

"그동안 암살에 시달린 건가."

노예를 자처하면서까지 신분을 숨길 이유라면 너무 뻔했
다.

란시스의 처연한 미소가 더욱 진해졌다.

"르마델로 망명하려 했었지. 하지만 받아 주지 않더군. 오
히려 날 붙잡아 웨자일 왕실로 압송하려고 했어. 미리 손을
써 둔 거지."

"누구지? 네 적이?"

순간 란시스의 표정에서 말할 수 없는 슬픔이 번져 갔다.

그는 말을 하지 않았다.

아니 할 수 없었다.

입을 열어 그 이름을 말한다면 자신의 삶이 너무 비참해 보
일 테니까.

루인이 너른 대양을 바라보며 다시 입을 열었다.

"네 형이란 사람. 그는 왕당파인가?"

"아니. 아케인 형님은 우리 같은 왕자들과는 달라. 빛나는
사람이지."

뛰어난 재능과 외모, 국왕의 총애를 한 몸에 받고 있는 그
는 정치적인 술수를 부릴 필요도 없는 존재.

그 자체로 이미 완전하게 빛나는 왕세자였다.

루인은 란시스의 입에서 흘러나온 단서들을 조합하며 깊
이 사고하고 있었다.

이내 루인은 하나의 놀라운 가정에 도달했다.

"그 성년식. 누가 중심이었던 거지?"

"중심?"

"성년식을 기획하고 추진한 인물 말이다."

"그건……."

루인이 말하는 의도를 깨달은 란시스가 거칠게 화를 냈다.

"너 무슨 소리를 하려는 거냐!"

"문득 그런 생각이 들더군. 그 성년식 자체가 거추장스러운 경쟁자들을 죽이기 위해 누군가가 기획한……."

"그럴 리가 없다! 성년식을 기획하고 추진한 사람은 다름 아닌 아케인 형님이니까!"

"아케인 발러?"

순간 다소 어두워지는 루인의 얼굴.

"너 혹시 재능을 숨기고 살았나?"

그런 루인의 질문에 란시스는 당혹해하는 태가 역력했다.

"형님에게만큼은 모든 걸 털어놨을 테고."

"무, 무슨 소리야!"

어느덧 루인의 얼굴은 극도로 차갑게 변해 있었다.

어쩌면 왕당파라는 조직을 조종하는 존재가 아케인 발러일시도 모른디는 생가이 들었기 때문이다.

하지만 루인은 그런 짐작을 굳이 말하진 않았다.

확실하지 않은 일로 란시스에게 상처를 줄 순 없었으니까.

폭풍의 제왕, 란시스 발러.

그는 피도 눈물도 없는 냉정한 절대자였다.

일말의 자비도 용서도 없는, 폭급한 패왕에 가까운 것이 그의 알려진 성격.

란시스의 이름을 듣지 못했다면 전혀 그의 유년 시절이라고 생각하지 못했을 정도였다.

이 명랑한 녀석이 대체 얼마나 많은 상처와 슬픔을 겪고 폭풍의 제왕이라는 차가운 인물이 되었을까?

"그럴 리가 없어⋯⋯."

언제나 당사자가 가장 명확하게 느끼는 법.

애써 외면해 온 예감, 죽어도 상상하기 싫은 현실을 드디어 란시스는 자각하고 있었다.

고통에 일그러진 표정으로 힘없이 주저앉는 란시스.

"왜⋯⋯ 넌 그런 말을⋯⋯."

"가장 명확한 인과(因果)니까."

루인도 함께 일어났다.

"그 성년식. 처음부터 모든 걸 다시 되살펴 봐라. 너라면 금방 결론에 이를 수 있을 거다. 빠르면 빠를수록 좋아."

"말도 안 돼⋯⋯ 그 정도 폭풍우라면 자신도 위험에 빠질⋯⋯."

순간 란시스는 굳은 표정으로 말이 없었다.

그에게 시간이 필요하다는 걸 깨달은 루인이 발길을 옮겨 선수의 갑판으로 걸어갔다.

고요한 해수면에 더없이 슬픈.

시리도록 아름다운 무한해의 밤이었다.

◆ ◈ ◆

다음 날.

마장기를 점검하던 루인에게 란시스가 호쾌하게 인사를 건네고 있었다.

"핫하! 잘 잤냐? 르마델의 마법사?"

루인이 눈살을 찌푸렸다.

란시스의 행동이 과장이나 연출된 것이 아닌, 평소의 자연스러운 모습이었기 때문.

루인이 피식 웃으며 조롱조로 입을 열었다.

"결국 외면한 건가."

"아아, 그 헛소리는 집어치워. 우리 형님이 그럴 리가 없어. 형님을 찾기 위한 내 5년이 그렇게 무의미할 리가 없다고."

"좋을 대로."

루인이 다시 무심한 얼굴로 마장기를 점검하기 시작한다.

란시스는 갑판 위에 아무렇게나 퍼질러 앉았다.

"뭐 날 죽이는 게 목적이었다고 해도 형님이 임무를 저버릴 사람은 아니란 걸 아니까. 테아마라스의 유적. 형은 분명 거기에 있을 거야."

루인이 그를 돌아보지 않은 채로 말했다.

"웨자일 왕실도 이 무풍지대를 항해할 방법을 알고 있다는 건가?"

"모르지 나도. 다만 형님이라면 분명 방법을 알고 왔을 거다. 게다가 자이젤 사령관은 무한해에서 살아 돌아온 사람이야."

"자이젤?"

"웨자일 제1기동함대의 사령관. 협해에서 그보다 더 명성이 대단한 함장은 없어."

그제야 고개를 끄덕이는 루인.

아무리 권력에 미쳤다고 해도 그런 대단한 인재를 왕자들의 권력 투쟁에 의미 없이 희생시킬 리는 없었다.

성년식에 어떤 음모가 있었다고 해도, 적어도 테아마라스의 유적을 탐험하겠다는 본래의 목적은 진실일 확률이 높은 것이다.

"나는 형님의 입을 통해 진실을 확인할 거다."

꼭 찬 결의로 이를 깨물고 있는 란시스를 바라보며 루인은 피식 웃고 말았다.

아닌 척하고 있지만 그는 분명 어제와는 다른 사람이 되어 있었다.

성장이었다.

그때.

마스트 주위의 선원들이 웅성거리는 소리가 들려온다.

곧 함선의 망루에서 정찰 임무를 담당하는 초계병의 거친 고함 소리가 이어졌다.

-우측방 15도 방향! 배가 보입니다!

초계병이 손짓으로 가리킨 곳을 향해 모두의 고개가 동시에 꺾어졌고.

망원경이 없어 자세하게 확인할 순 없었지만 분명 이글거리는 수평선에서 점 두 개가 눈에 들어왔다.

루인과 란시스가 서둘러 지휘 갑판으로 올라갔다.

"제디앙! 확실해?"

충분히 산호섬이나 돌출된 암초의 융기 따위를 배로 착각할 수 있는 먼 거리.

제디앙이 긴장 가득한 얼굴로 힘있게 고개를 끄덕였다.

"확실히 함선입니다. 두 척."

란시스가 제디앙의 목에 걸려 있는 망원경을 빼앗듯이 낚아채너니 내양을 조준했다.

"저, 정말이네. 분명하게 이동하고 있어."

점점 가까워지는 거리.

거칠게 물살을 가르고 있는 함선 두 척을 이제 육안으로도 확인할 수 있었다.

"저쪽도 돛이 없어. 무슨 수로 배가 움직이는 거지?"

다가오는 함선 두 척에는 돛과 노, 둘 중 아무것도 없었다.

그럼에도 꽤 빠른 속도로 이쪽으로 접근하고 있는 것이다.

통상적으로 함선끼리의 조우 시, 우호적인 목적을 지녔다면 전투 의사가 없다는 표식인 백기를 걸고 접근한다.

하지만 저 함선들은 아무런 깃발도 걸지 않고 있었다.

제디앙은 만약의 경우를 대비했다.

곧 그가 선원들에게 소리쳤다.

"공격에 대비한다! 모두 정위치로!"

란시스가 웃으며 후방의 대열을 바라봤다.

"정신 나간 놈들이 아니라면 포를 쏘진 않겠지."

대충 크기를 가늠해 보니 이쪽보다 훨씬 작은 리마갤리급, 게다가 그것도 꼴랑 두 척이었다.

놈들도 눈이 있다면 거대한 마장기의 마력포를 달고 있는 위용을 분명하게 발견했을 것이다.

게다가 이쪽은 그런 무식한 무장을 하고 있는 함선이 무려 6척이었다.

그러나 그때.

-나, 난다!

-저럴 수가!

-날아오고 있어!

짙은 암갈색 로브를 펄럭이며 루인의 함대를 향해 날아오고 있는 미지의 인물.

루인이 미간을 찡그렸다.

"플라이?"

플라이(Fly) 마법은 마도사의 경지를 상징하는 초고위 술식.

더욱이 이 먼 거리를 거침없이 횡단할 수 있다는 것은, 플라이 마법에 막대한 마력을 소모하고도 만약을 대비할 수 있다는 충분한 자신감의 발로였다.

서서히 하강하는 암갈색 로브의 중년인.

함선의 갑판에 사뿐하게 착지한 그가 거대한 마장기를 바라보며 감탄을 터뜨렸다.

"아름다운 마장기군."

이내 그가 얼음처럼 굳어 버린 선원들 사이로 거침없이 걸어오자.

"그만."

무저갱처럼 가라앉은 루인의 두 눈이 해부할 듯 그를 노려보고 있었다.

"더 접근한다면 불순한 의도로 간주하고 사살한다."

중년 마법사의 가슴에 새겨진 선명한 표식.

날아오를 듯한 푸른 독수리 문양.

그것은 알칸 제국의 마탑, 테오나츠의 표식이었다.

◆ ◈ ◆

거의 모든 마법학파에서 세이지 등위의 자격을 부여받은,
현 세계에서 가장 강력하다고 평가받는 마법사 집단.

그런 테오나츠 마탑의 문양을 바라보며 루인은 잠시 옛 생
각에 잠겨 있었다.

최후의 현자, 유클레아.

광휘의 마법사 헤스론이 등장하기 이전부터 인류 최후의
지성이라고 불렸던 최고의 마법사.

그 유클레아가 바로 저 테오나츠 마탑 출신이었다.

유클레아와 그의 제자들이 없었다면 인간 진영은 채 십 년
도 버티지 못하고 군단에 의해 전멸했을 것이다.

물론 순수하게 전투적인 측면만 살핀다면 흑암의 공포이
자 대마도사인 자신의 위치가 더욱 확고했다.

그러나 그들은 다양한 역량으로 후방을 지원하고 보급에
힘써 왔다.

그들의 도움이 없었다면 인류 진영은 적극적인 전술을 구

사하며 군단을 교란하지 못했을 것이다.

"⋯⋯."

루인은 말없이 테오나츠 마탑의 마법사를 응시하고 있었다.

플라잉 마법을 저리도 손쉽게 구사하는 것으로 보아 최소 8위계의 현자급.

이른 시기부터 저만한 역량을 지니고 있다면 분명 인간 진영에서 대단한 활약을 펼쳤을 인물이었다.

그러나 이상하게도 자신의 기억 속에 존재하지 않는 마법사였다.

대략 40대 전후로 보이는 사내.

세월의 격차를 감안하더라도 저런 특이한 잿빛 머리칼이라면 충분히 알아볼 수 있을 터였다.

그에게서 다시 흥분한 음성이 흘러나왔다.

"다시 봐도 정말 놀랍군. 외부에 결착흔이 아예 보이지도 않는데? 대체 저 결합부는 무슨 수로 매칭한 거지? 금속은 맞는 건가?"

마장기의 외부 장갑을 이스하르콘으로 두르는 건 마장기를 조금이라도 아는 자들에겐 상식이었다.

오직 이스하르콘만이 마력포의 엄청난 포열과 진동, 충격파를 버텨 낼 수 있었다.

강철이나 일반적인 합금들은 그런 구조적인 한계로부터

벗어날 수가 없는 것이다.

더구나 이스하르콘이 중요한 것은 외부 장갑에 마력회로와 술식을 새겨 넣어야 한다는 것.

이스하르콘은 마정석을 제외한다면 현시대에서 가장 마력 동조율이 높은 물질이었다.

한데…….

"정말 금속이 아니란 건가?"

외부 장갑 전체를 뒤덮고 있는 칙칙한 묵광(墨光).

얼핏 금속처럼 보였으나 햇빛을 반사하지 않고 대부분 흡수하여 갈무리하고 있었다.

"인베스티게이션(Investigation)."

물질의 형질과 구조를 파악하는 초고위 술식.

이내 잿빛 머리칼의 마법사는 깜짝 놀라 버렸다.

"스톤? 돌이라고?"

마력을 품은 뇌기(雷氣)에 어떤 반응도 없는, 그것은 전도성이 거의 제로에 가까운 분명한 돌이었다.

자연 상태의 돌, 어떤 단단한 암석이라고 해도 초대마력으로 구동되는 광자마력포를 버텨 낼 수 있을 리가 없었다.

이내 그의 이해할 수 없다는 눈이 루인을 향했다.

일단은 외부 장갑의 재질보다 더 기이한 것은 저 어린 마법사였던 것.

"동조 흔적으로 보아 네가 이 마장기의 주인인 것 같은데

맞느냐?"

물론 그는 차가운 루인의 시선 외에는 어떤 답도 듣지 못했다.

"공용어를 할 줄 모르는가? 동쪽에서 온 것 같진 않은데. 아 참! 방금 날 죽인다고 협박했으니 말을 모르는 건 아니겠군."

동쪽 대륙은 마법이 존재하지 않는 대륙. 마장기는 베나스 대륙만의 전유물이었다.

이런 때를 대비해서 루인은 모든 함선들의 치장을 치워 버리라고 지시했다.

갖은 장식들과 문양, 깃발 따위를 모두 없애 버린 것이다.

게다가 이런 특이한 종범선 형태는 어떤 해양 국가에서도 쓰이지 않는 배.

당연히 상대 입장에서는 이 함선의 정체를 파악하기가 난감할 것이다.

루인이 말없이 수인을 맺었다.

츠츠츠츠츠-

잿빛 머리칼의 마법사가 더 황당하다는 듯이 루인을 쳐다봤다.

"단독으로 나와 마법전을 펼치겠다는 것이냐?"

"허락도 없이 남의 배에 오르는 건 싸우자는 뜻 아닌가?"

"허."

잿빛 머리칼의 마법사는 그렇게 황당해하면서도 루인의 주위로 넘실거리고 있는 마력의 결을 정밀하게 살피고 있었다.

감각을 파고드는 그 느낌은 얼핏 단순해 보였다.

정석적인 느낌.

역동적인 마나와 인간을 잇는 가장 자연스러운 형태의 기운.

허공에 잔잔히 얽히고 있는 마력 파장들은 더없이 직관적이고 명확했다.

더욱 흥미가 생긴 그는 그런 루인의 마력에 자신의 마력을 얹어 감응시켰다.

"......!"

그대로 굳어져 버린 잿빛 머리칼의 마법사.

자신의 마력이 상대의 마력에 닿자마자 아무런 저항 없이 섞여 버린 것이다.

'말이 되는 건가……?'

모든 마법사의 마력은 각기 성질이 다르다.

마력의 순도가 아무리 농밀한들 이런 미친 동조 현상은 말도 되지 않는 일이었다.

마력이 이 정도로 아득한 순수를 품어 낼 수 있다는 것이 믿기지 않았다.

그 어떤 인간의 언어로도 형용할 수 없는 무한대의 순수.

하지만 이건 분명한 여섯 갈래의 힘.

여섯 개의 고리로 구동되는 마력이었다.

"6서클?"

저 어린 마법사가 여섯 고리를 완성했다는 것도 믿을 수 없었지만, 이제 6서클의 경지에 이른 마법사가 이런 순수한 형태의 마력을 구사한다는 것이 더욱 신비로웠다.

그때, 루인의 입가에 희미한 미소가 피어났다.

지이이이잉-

허공에 미세한 스파크들이 복잡하게 얽히자.

"흡!"

상대의 마력과 얽혀 있던 자신의 마력이 모조리 소멸되었음을 깨달은 잿빛 머리칼의 마법사.

"……영성(靈性)?"

마력 자체가 시전자의 의지를 품어 내는 경지.

그것은 그 어떤 증거보다 분명한 마도사의 상징.

벙찐 표정으로 멍하니 서 있던 그는 이내 한 가지를 깨달았다.

자연스럽게 마력 동조가 가능했던 이유.

상대의 마력을 탐색한 것은 자신이 아니라 저 어린 마법사였던 깃이었다.

어느새 수인을 거둔 루인이 뒷짐을 지며 태연하게 묻고 있었다.

"자극 수렴점과 감응 강도가 비정상적으로 강한 마력. 미세한 충돌에도 완곡한 변수 반응. 반면 적절하고 일정한 파동 융기. 이런 특이한 마력을 구사하는 마법사를 단 한 명 알고 있지."

"뭐……?"

자신도 알지 못하는 자신의 마력에 대한 특성을 줄줄이 읊어 대는 소년 마법사.

"뎀므. 그와 무슨 관계지?"

잿빛 머리칼의 마법사는 앞서 놀란 모든 것보다 놀라고 있었다.

뎀므 아조스.

유클레아의 강력한 경쟁자이자 악제의 강림 초기에 전사했던 불운의 마법사.

살아 있었다면 어쩌면 헤스론이나 유클레아와 비슷한 경지의 대마법사가 되었을지도 모르는.

충분히 영웅의 칭호를 획득할 수 있었던 대단한 재능의 마법사였다.

정신적인 측면에서만큼은 오히려 유클레아보다 뎀므를 지지하는 마법사가 많았을 정도.

"어떻게 그를 알고 있지……?"

오래전부터 그는 반역 혐의로 제국의 지하 아래 갇혀 있는 상황.

테오나츠 마탑의 원로들이라면 몰라도 마탑의 젊은 마법사들 대부분은 그의 이름조차 들어 보지 못했을 터였다.

한데 생전 처음 보는 소년이 그의 이름을 언급하고 있는 것이다.

여전히 뒷짐만 진 채로 웃고 있는 루인.

잿빛 머리칼의 마법사는 처음의 자신감과는 달리 서서히 루인을 경계하기 시작했다.

"말할 생각이 없다는 뜻이냐?"

"질문에 질문으로 대답하는 고약한 버릇이 있군. 내가 먼저 물었다. 테오나츠의 마법사."

테오나츠 마탑 출신이라는 것도 한눈에 알아본다고?

제국 사람들이야 테오나츠 마탑의 문양에 익숙할 테지만 이 함선 사람들은 아무리 봐도 제국의 백성들이 아니었다.

알칸인이었다면 테오나츠 마탑의 문양을 보자마자 경외하는 표정으로 예를 갖췄을 터.

제국의 마장기 라이더들을 향한 존경심은 모든 알칸인들의 가슴에 살아 숨 쉬는 감정이었다.

"……."

자신은 상대를 읽지 못하고 있는데 자신은 계속 읽히고 있었다.

이 현상이 의미하는 것은 단 하나.

자신의 모든 면이 상대에게 미치지 못한다는 뜻.

냉철한 지성의 마법사라면 충분히 합리적인 추론일 테지
만 불행히도 상대의 나이가 너무 어렸다.

이제 성년식을 갓 치렀을까 말까 한 녀석이 자신을 능가하
는 현자급 마도사라니…….

한데, 이어 들려온 상대의 말에 그는 더욱 멍해져 버렸다.

"굳이 정체를 밝히고 싶지 않다면 좋을 대로. 방향을 보니
돌아가는 길은 아닌 것 같고. 어때? 함께 유적으로 가는 건?"

"뭐라……?"

유적의 탐사 루트는 베나스 대륙의 모든 국가들이 철저하
게 관리하고 있는 기밀 중의 기밀.

국가 경쟁력의 전부라고 해도 과언이 아닌 그런 핵심 정보
를 이리도 아무렇지도 않게 공유하자고 하다니!

자신이 이 배에 오른 건 순전히 저 신비한 마장기 때문이었
다.

대체 어떤 터무니없는 마법사가 저 위대한 마장기를 고작
함선의 함포로 취급을 하는지 그 얼굴이 궁금했던 것이다.

"생각이 없다면 그만 물러가도록. 말했다시피 거기서 더
가까이 다가온다면 문제가 커질 거다. 난 뱉은 말을 반드시
지키는 사람이니까."

현자급 마법사와의 거리.

혼자였다면 상관없겠지만 지금은 마장기를 보호하면서
동시에 제디앙과 란시스, 그리고 선원들과 다른 함선들까지

지켜야 하는 입장.

그것은 현재의 자신이 이룩한 모든 경지를 감안한 최소한의 한계 거리였다.

"그럼 자네의 출신을 밝히게. 정체도 모르는 집단과 협력할 수는 없지."

나만 이렇게 다 까발려져서야 되겠냐는 뜻.

루인의 입장에선 정보의 격차를 끝까지 유지하는 것이 유리하겠지만 그의 말도 일리는 있었다.

불행하게도 자신이 가지고 있는 건 달랑 좌표계 하나.

어떤 위험이 도사리고 있는지, 진입 조건은 무엇인지, 유적이 지상인지 바닷속인지도 모르고 있었다.

알칸 제국은 테아마라스의 유적을 통해 마장기를 탄생시킨 국가.

그들의 탐험 노하우라면 충분한 가치가 있었다.

"당신이 저 선단의 리더인가?"

"그렇네."

"그건 좋군."

잿빛 머리칼의 마법사가 인상을 찡그리자 루인이 다시 웃었다.

"조건이 있다."

"조건?"

아니 먼저 협력하자고 제안한 건 분명 네 녀석인 것 같은데?

재빛 머리의 마법사가 황당하다는 눈으로 쳐다보자 루인이 좌표계가 향하고 있는 대양을 응시했다.

"내 신분은 물론 지금부터 일어나는 모든 일들에 대해서 영원히 함구한다. 그 누구에게도 발설해서는 안 돼. 그대의 황제가 묻는다고 해도 말이지."

"오, 그거라면 오히려 내 쪽에서 더 환영이네."

"왜지?"

"별로 떳떳하지 못한 입장이라고 해 두지."

이번 탐사행은 테오나츠 마탑과 제국의 지원을 조금도 받지 않은, 그야말로 완전한 단독 탐험이었다.

오히려 자신이 요구하고 싶었던 일을 상대가 먼저 제안하자 반가운 마음이 들었던 것.

"좋아. 그럼 거래다."

말이 끝나기가 무섭게 루인이 먼저 수인을 맺는다.

마법사의 맹세, 마도의식(魔道儀式)이었다.

정결한 마법사라면 이 마도의식 앞에서만큼은 결코 맹세를 저버릴 수가 없었다.

재빛 머리칼의 마법사 역시 루인을 마주 바라본 채로 자신만의 마도의식을 행했다.

그렇게 각자의 수인을 끝맺은 상태로 루인이 먼저 물었다.

"이름은?"

"다인 아조스."

피식.

"어쩐지 마력이 비슷하더라니."

아조스가(家).

한때는 그 유명한 닥소스가의 아성을 위협했던 제국의 마도 명가.

이 잿빛 머리칼의 마법사는 템므와 같은 가문의 혈족인 것이다.

"루인 베른."

잿빛 머리칼의 다인은 루인이 내민 손을 멍하니 바라보고 있었다.

'베른……?'

베른이라는 성(姓)은 너무 유명해서 다인의 머릿속에서 떠오른 가문은 단 하나밖에 없었다.

르마델 왕가의 운명 공동체.

위대한 백룡의 가문.

"하이베른?"

씨익.

"하이베른가의 대공자. 루인이다."

〈10권에서 계속〉

조선이
문명함

조휘
대체역사 장편소설

여느 때와 다름없이 퇴근 후 게임을 즐기는 일상.
그런데 이질적인 무언가가 시선을 강하게 사로잡는다.

〈99/100〉

EHS라 적힌, 단순하기 짝이 없는 아이콘.
기호와 숫자 몇 개가 전부인 소개 문구.

대체 무슨 게임일까 하는 묘한 이끌림이 클릭을 강제했고,
정체를 알 수 없는 문자들이 쏟아져 나오는 것과 함께
세상이 한 점을 중심으로 회전하며 비틀리기 시작한다.

조금 전과는 한없이 동떨어진 상황이 눈앞에 펼쳐지는데,

"상감마마!"

나보고 왕이란다.